墨上花开

一本书读懂最风雅古诗词

林希美 · 著

中国出版集团　现代出版社

图书在版编目（CIP）数据

墨上花开：一本书读懂最风雅古诗词 / 林希美著
. —— 北京：现代出版社，2020.5

ISBN 978-7-5143-8577-9

Ⅰ. ①墨… Ⅱ. ①林… Ⅲ. ①古典诗歌 – 诗歌欣赏 –
中国 Ⅳ. ①I207.2

中国版本图书馆CIP数据核字（2020）第080502号

著　　者	林希美
责任编辑	杨学庆
出版发行	现代出版社
地　　址	北京市安定门外安华里504号
邮政编码	100011
电　　话	010–64267325 64245264（传真）
网　　址	www.1980xd.com
电子邮箱	xiandai@cnpitc.com.cn
印　　刷	三河市金泰源印务有限公司
开　　本	880mm×1230mm 1/32
印　　张	8.5
字　　数	250千字
版次印次	2020年7月第1版　2021年12月第3次印刷
标准书号	ISBN 978-7-5143-8577-9
定　　价	45.00元

诗词　越古老越美好

越经典越优雅

目　录

（先秦）1. 执子之手，未必偕老 / 001

（先秦）2. 所谓伊人，在诗和远方 / 006

（西周）3. 哲夫成城，哲妇倾城 / 011

（东周）4. 岂曰无衣？此心是袍 / 017

（秦）5. 输了也是英雄 / 023

（汉）6. 天地闭合，此情不移 / 030

（汉）7. 闻君有两意，痛也要决绝 / 035

（汉）8. 爱终成殇 / 043

（汉）9. 结发为夫妻，恩爱两不疑 / 049

（魏晋）10. 人生寿促，天地长久 / 055

（魏晋）11. 我的眼里只有你 / 064

（唐）12. 从未忆过谁 / 072

（唐）13. 山川异域，风月同天 / 080

（唐）14. 云想衣裳我想你 / 087

（唐）15. 君情与妾意，各自奔东西 / 094

（唐）16. 是相思，成全了红豆 / 100

（唐）17. 欲问相思处，春风也不知 / 106

（唐）18. 易求无价宝，难得有情郎 / 115

（唐）19. 至高至明日月，至亲至疏夫妻 / 122

（唐）20. 多情即是无情 / 129

（晚唐）21. 肠断千休与万休 / 135

（南唐）22. 往事，知多少 / 141

（北宋）23. 十年生死，不思量也难忘 / 149

（北宋）24. 鸿飞那复计东西 / 155

（北宋）25. 天若有情天亦老 / 162

（北宋）26. 人至高处，一眼望尽天涯路 / 168

（北宋）27. 为伊消得人憔悴 / 174

（北宋）28. 离别后，几回魂梦与君同 / 180

（南宋）29. 此情，无计可施 / 185

（南宋）30. 众里寻他千百度 / 192

（南宋）31. 从黄昏到昏黄 / 198

（南宋）32. 看尽人间利与名 / 205

（南宋）33. 不是爱风尘，只是前缘误 / 212

（金）34. 问世间情是何物 / 217

（明）35. 春宵一刻，千金不回 / 222

（明）36. 梦中谁是画眉人 / 229

（明）37. 此生终是负你 / 236

（清）38. 人生若能永如初见 / 243

（清）39. 不是云屏梦里人 / 250

前言：愿言人间词话

很多人都拒绝过诗词。

诗词，明明是只须朗读、只可意会的美好词章，读书时老师偏偏让死记硬背，背到最后，只要翻到有古诗词的课文，全身每个细胞都在拒绝。

曾有一段时间，很难爱上诗词。

后来喜欢诗词，实在因为它美。有些词句，无须刻意记诵，也能张口即来。像"窈窕淑女，君子好逑"，也有"人生若只如初见，何事秋风悲画扇"，还有"天生我材必有用，千金散尽还复来"……

少了记诵的压力，偶尔读上几首诗、几阕词，人生也变得丰富了，也更有趣味了。

后来爱上诗词，是因为看到国学大师南怀瑾先生的一句话。他说，中国的哲学，大部分在诗词里。比如，"春花秋月何时了？往事知多少""万里长城今犹在，不见当年秦始皇""今人不见古时月，今月曾经照古人"。

诗词里不仅有风花雪月，还有人生的惆怅与哀愁，更有"今月曾经照古人"的禅学意味。

中国诗词，气象万千，包罗万象，无论朝代如何更替，诗词大家不断。这些诗词作者，有的温柔缱绻，有的豪情万千，也有的妩媚风流。几千年来，诗词人写的不仅是诗词，更是一段又一段的人生。

如同这本书，不仅有诗词，更有诗词背后的爱恨情仇、家国天下，以及禅意人生。《诗经》中，有缠绵浓烈的爱情，魏晋有重道崇德的风流名士嵇康、潘安，大唐有充满豪情与悲情的薛涛和鱼玄机，宋朝有豪放的苏东坡与婉约的李清照……

打开诗词，同时也等于打开了一段历史，你会发现，千百年来，人性从未变过。人们对爱情、功名利禄、道的追求从未停下。不过，不一样的是，不同的人，对待人生的态度绝不会相同。

我们读诗词，也仿佛在读自己的人生。当我们的人生遇到坎坷或磨难时，翻开古人的事迹，就会发现一切都不算什么。

我们在诗词中，或许能品味出其中的情感，也能感受到情绪与共鸣，但更重要的是，我们到底应该怎样应对自己的人生。

这些人物，才是最好的参照。他们的选择或错误，给人以教诲；或用颓废的一生，告诉我们要有所追求；或收获圆满，让我们悟出智慧……

一杯茶，一段曲，一本书，是我们美好平淡的一生。然而，书里的故事，却荡气回肠，大气磅礴，气象万千，百转千回。

它们是我们另一段不同的人生，也是让我们发现自己最好的方式。

1. 执子之手，未必偕老

击　鼓　佚名

击鼓其镗，踊跃用兵。土国城漕，我独南行。

从孙子仲，平陈与宋。不我以归，忧心有忡。

爰居爰处？爰丧其马？于以求之？于林之下。

死生契阔，与子成说。执子之手，与子偕老。

于嗟阔兮，不我活兮。于嗟洵兮，不我信兮。

一场战争，在号角、击鼓的声响中，开始了。

同时，也开始了一段生离死别的故事。

鲁隐公四年（前719）夏，卫联合陈、宋、蔡共同伐郑。"击鼓其镗，踊跃用兵。土国城漕，我独南行"，士兵在操练，人们都留在漕城，而他却要去南方。在这场战争中，他承担着一个小士兵的角色。他将跟随将领子仲，踏上生死未知的茫茫征途。

"土国"，又为漕邑筑城，故诗又曰"城漕"。他在此地做劳役，虽艰苦万分，但一想到出征打仗，就觉忧心忡忡。

战争，使人疲惫，却又令人无可奈何。多少人因战争而丧命，百姓流离失所，夫妻永不能团聚。如今，他要走了，远离家乡、亲人，将自己的生命交给另一片大地。死亡随时会来，他不确定自己能否活着回来。

他多羡慕留在"土国"做苦力的劳役啊！至少他们有家人的陪伴，有家可归，如若死去，也可埋骨家乡。然而，他必须跋涉千里，远赴一场生死未卜的盛宴。

"从孙子仲，平陈与宋。不我以归，忧心有忡。"

他跟着子仲走了。告别了她，他风餐露宿，长途跋涉，一路向南。战争还未打响，已有人死去，他们或因劳累，或因疾病，总有人倒下。他想回家，想对家人诉说这一路的辛苦，但这几乎不可能了，怕只有那千里传鸿书的大雁，能寄托他的相思吧。

"爰居爰处？爰丧其马？于以求之？于林之下。"

厮杀开始了。士兵在号角、击鼓声中大叫着向敌人冲去。一刀又一刀，鲜血染红了他的脸、他的铠甲、他的心。有人倒下，有人重新站起来。战马在嘶叫中，跟着一起踩踏在倒下的尸首上。望着那些尸体，他感到了绝望，很可能下一刻倒下的便是他。

他不能看，不敢看，也不再看。他杀红了眼，只盼着能够活下去，回到自己的家乡，回到与她日夜温存的梦里。

一场征战暂时歇了，世界突然出奇安静。活下来的士兵杀累了，躺在累累白骨旁边歇息。他不去看那惨烈的场面，他不愿明天的厮杀中，躺下的是他。

他只能闭上眼睛，好好歇息，准备明天的另一场仗。

突然，他的战马不见了。它去了哪里？他要去找它！马是他归家的希望，是他最忠诚的伙伴和朋友，没有了它，他将被抛弃在这荒郊野外。可是去哪里找呢？他走着走着，来到了山林间，哦，原来它在这里。

好马不受羁束，爱驰骋；征人不愿久战，想回家。他和它，内心原来是一样的，都思念着家乡。恍然间，他看见了家人的微笑，妻子灯下缝衣的贤惠，还有她为他送饭时的温馨画面。

"死生契阔，与子成说。执子之手，与子偕老。"
连日的搏杀，他总算活了下来。他珍爱着当下的每一天，他如此热爱这个世界，因为有她。可这世界满目疮痍，生死不由己，他实在无可奈何。他曾经拉着她的手，对她许下誓言，虽然生死聚散不由己，但他愿意牵着她的手，与她一起老去。

想到这未完成的誓言，他再次提起拼死搏杀的勇气，他必须活着回去见她。

葛　生

葛生蒙楚，蔹蔓于野。予美亡此，谁与？独处？
葛生蒙棘，蔹蔓于域。予美亡此，谁与？独息？
角枕粲兮，锦衾烂兮。予美亡此，谁与？独旦？
夏之日，冬之夜。百岁之后，归于其居！
冬之夜，夏之日。百岁之后，归于其室！

在《葛生》中，他死去了，他的妻子还默默站在他的坟边，看着丛生的葛藤而伤感。可是，他死去了，他的妻子连孤守的坟墓都没有，她又该多么痛苦呢！有时候，死去的人一无所知，活着的人才是痛苦，他们将永远活在孤独与凄凉中。

"执子之手，与子偕老"是他的誓言，合墓而居，是他的期望。

他在无尽的忧愁与思乡中，很快睡去。他太累了，需要好好睡上一觉。盼他这一觉，能回到故里，回到杨柳飞絮的春天，她站在城门口迎接他回家。

"于嗟阔兮，不我活兮。于嗟洵兮，不我信兮。"

这一仗打了太久，久到不知何时才能停息，久到他几乎要忘记她的样子。他怕是要失约了，因为生与死的距离太遥远，而他和她的别离又太长，不是他不愿再坚守誓言，而是他再也无法坚守誓言。

这一仗，他打得太累了，在生死拼杀中，他绝望地倒下了。我的妻，我的妻，他唤她，请你……请你一定不要悲伤。

我只是睡着了。

号角吹响，击鼓阵阵，他再也没能站起来。

拼杀的战士们，踩踏着他的尸体一拥而上，他慢慢地埋没在累累白骨中。他的鲜血混入泥土，他的尸骨终将和这些死去的战士一起埋入偌大的坑中，并立下一块无字墓碑。

他只是一个不起眼的小士兵，谁会记得他呢？

也只有他的妻，他的家人，和他一起拼过命的战士，会记得。

在家国天下面前，他这样小，小到如同蝼蚁；在家人面前，他却很大，大到他们的心里，仅能装下为数不多的几个人。

后来，"死生契阔，与子成说。执子之手，与子偕老"成了一句广为流传的情话，人们用这句话表达自己对爱情的期许，对白头到老的渴望。可爱情的相守，多半是"道路阻且长，会面安可知"，真是"行行重行行"啊！

别离，当然是痛苦的，也只有别离，人们才会珍惜一段情缘，期望"与子偕老"。明知不能偕老，才会有这样的期盼，而天长地久相守的人，"执子之手""与子偕老"似乎是顺理成章的事。

他们不会把"共白头"变成常用语，也不会将情话每天反复咏唱，他们只是在过日子。

恋人啊，我们历经太多，却终究不能在一起。即使如此，我仍期望"与子偕老"，如同战场上的士兵，明知下一刻是生死别离，上一秒仍在思念她。

生死，别离，让白头变成了太难完成的事。我们总会老去，总会有一个人先走，总会有一个人独守孤坟，孤独地活下去。

不过，即使剩下自己，也总能"击鼓呐喊"，让自己坚强地、好好地活着。

2. 所谓伊人，在诗和远方

蒹 葭 佚名

蒹葭苍苍，白露为霜。所谓伊人，在水一方。

溯洄从之，道阻且长。溯游从之，宛在水中央。

蒹葭萋萋，白露未晞。所谓伊人，在水之湄。

溯洄从之，道阻且跻。溯游从之，宛在水中坻。

蒹葭采采，白露未已。所谓伊人，在水之涘。

溯洄从之，道阻且右。溯游从之，宛在水中沚。

"关关雎鸠，在河之洲，窈窕淑女，君子好逑。"这是一首大家耳熟能详的诗，连稚童也能张口即来。除了诗以外，更令大家熟悉的是诗中的含义，所谓"食色性也"，从古至今，窈窕淑女都是被"逑"的对象。

他也在"逑"她。她是他眼中的伊人，可他无论如何靠近，却总也寻不到她。

她到底在哪里呢？

已是深秋了。

"蒹葭"即芦苇，"苍苍"即深青色。深秋的天气有些寒冷，早晨的白露凝结成霜。她是他倾慕的女子，静立在河水的彼岸。烟波浩渺，惊鸿照影，她巧笑倩兮，美目盼兮。

"溯洄从之，道阻且长。溯游从之，宛在水中央。"

他看她入了神。她仿佛触手可及，于是，他不由自主地沿着河流去寻她。她足踏清波，时而在对岸，时而在水之洲，他总是寻不到她。这路真是阻碍重重，怎么也走不到对岸。他又急又无奈，如同热锅上的蚂蚁，焦急如焚。

她走近了，似乎正向他缓缓走来，不一会儿，又走远了。他雾里看她，若隐若现，越来越朦胧不清，她又好似停在了水中央。

他继续追随着她，她"在水之湄""宛在水中坻""在水之涘""宛在水中沚"，就是不在他眼前。他"道阻且跻""道阻且右"，也要寻到她。

这像是一场打游击的游戏，那"道"是她的武器，只要她沿"道"而走，他便只能看着她，却不能得到她。

缥缈虚幻，镜花水月，才有最朦胧的美。不得不说，这也是女子获取男子痴心的一种方式。或许她爱他，故意与他玩捉迷藏的游戏，或许她只是一个梦罢了。

《关雎》中说："参差荇菜，左右流之。窈窕淑女，寤寐求之。"

这位女子忽左忽右，旁若无人地采摘着荇菜，动静皆是风景，落在他的眼中，"求"之心再次升起。他爱的人啊，也远在河洲，着荇菜，使他暗暗为她着迷。为了她坐卧不宁，看见她的身影已手足无措。

"求之不得，寤寐思服。悠哉悠哉，辗转反侧。"

他也求不到喜欢的女子。她总是"在河之洲""在水中央"，令他百爪挠心，辗转反侧。他回到家中，夜不能寐，心里总是记挂着她，夜以继日地思念着她。

世间的情感大多相似，《关雎》和《蒹葭》的故事，在这里重合了。

《蒹葭》中的男子，最终没有求得伊人，她永远在远方，也永远停留在诗意般的朦胧美中。一个人要想冲破现实，不仅要有冲破阻碍的勇气，还需要一点运气。然而，他没有这样的运气，便只能独自吞下相思之苦。

她离他太远了，远到他来不及表白，她已消失在烟云中。他有"汉有游女，不可求思"的徒劳，也有"还君明珠双泪垂，恨不相逢未嫁时"的遗憾，更有"君生我未生，我生君已老"的忧伤。

《关雎》中的男子，就幸福得多了。

"参差荇菜，左右采之。窈窕淑女，琴瑟友之。"

他喜欢她，愿意当她手中的荇菜，任她采摘，也愿意将她当作荇菜，亲近她，采摘她。他说，我心爱的女子啊，我愿意亲近你，也愿意为你弹琴奏瑟使你开心。

有时候喜欢一个人，何必一定要在一起？能向她倾吐心声，为她奏上一曲，纵然她拒绝，也理应无憾了。

"参差荇菜，左右芼之。窈窕淑女，钟鼓乐之。"

他进一步追求她，如她拔荇菜般，愿意将她拔取。亦愿意他是荇菜，任她拔取。他继续说，我心爱的女子啊，我愿意亲近你，敲钟击鼓使你欢乐。

当然，如果她愿意，他还愿意娶她为妻，与她永结百年之好。"我心匪石，不可转也。我心匪席，不可卷也。"她说，我的心并非石头不可改变，也并非草席，不能随便翻卷。只要他是"君子"，只要他真心待她，她又何必拒绝？

其实，《蒹葭》中的男子应该问一句，得到真的好吗？多少爱情，死于平淡；多少郎情妾意，败给了时间。可是，只有得不到才是遗憾，才能永驻心中，人们宁愿将一段感情活成白开水，也不愿将爱情留在花前月下，留在"在水中央"。

生活不止诗和远方，伊人也只有留在远方，才叫作伊人。

此诗并不复杂，仅变换几个字，就逐步加深了男子追求淑女的心。他感情真挚，精神可贵，得不到的失落和惆怅的心情是最令人产生共鸣的地方。此诗被广泛地认为"古之写相思，未有过《蒹葭》者"。也有人对《蒹葭》有着不同的定义。比如，《毛诗序》中说："蒹葭，刺襄公也。未能用周礼，将无以固其国焉。"意思说，周朝礼仪制度好，若不以此礼治国，必定会遇到诸多阻碍，反之，国则井然有序，即诗中所指"宛在水中央"。

还有人说，所谓"伊人"，也指贤才、友人、情人，也可以是功业、理想、前途，甚至是福地、圣境、仙界等。而诗中的"河水"，也可指高山、深潭，或指宗法、礼教等。人生中，所有有阻碍的事情，皆可有所指也。

包容地看，此番理解更为深广，无须执着其一。但"伊人"已深入人心，她的美被千万家传诵着，所指爱情又何妨？

岂知《蒹葭》，《关雎》也被古之学者打入了"德行"的行列。有人说，此诗中的君子指周文王，淑女指妃子太姒，全诗歌颂的是后妃之德。孔颖达在《毛诗正义》中说："言后妃性行和谐，贞专化下，寤寐求贤，供奉职事，是后妃之德也。"

不少人看了儒家学者的解读，认为他们过于拘束严谨，太重君王礼义之道，凡是古今著作皆扣上礼义的帽子。

每个人，都只能看到他自己在乎的、喜欢的部分。无论《蒹葭》被解读得深广，还是《关雎》被解读得刻板，换个角度或许才能看到"诗和远方"。

古之君子，"好逑"淑女，今之学子，追求深广又何妨？

那学问，也一定在"诗"和更深远的地方。

3. 哲夫成城，哲妇倾城

大雅·瞻卬　佚名

瞻卬昊天，则不我惠？孔填不宁，降此大厉。邦靡有定，士民其瘵。蟊贼蟊疾，靡有夷届。罪罟不收，靡有夷瘳！

人有土田，女反有之。人有民人，女覆夺之。此宜无罪，女反收之。彼宜有罪，女覆说之。

哲夫成城，哲妇倾城。懿厥哲妇，为枭为鸱。妇有长舌，维厉之阶！乱匪降自天，生自妇人。匪教匪诲，时维妇寺。

鞫人忮忒，谮始竟背。岂曰不极，伊胡为慝？如贾三倍，君子是识。妇无公事，休其蚕织。

天何以刺？何神不富？舍尔介狄，维予胥忌。不吊不祥，威仪不类。人之云亡，邦国殄瘁！

天之降罔，维其优矣。人之云亡，心之忧矣。天之降罔，维其几矣。人之云亡，心之悲矣！

觱沸槛泉，维其深矣。心之忧矣，宁自今矣？不自我先，不自我后。藐藐昊天，无不可巩。无忝皇祖，式救尔后。

当一个国家将要灭亡时，往往会有一个女子担起祸国殃民的罪名。

历史上，女子一旦"哲妇倾城"，也便离亡国不远了。一个王朝的腐朽，君王荒废朝政，都会被推到女人身上。是她勾引君王"不早朝"；是她狂魔乱舞，令君王"安于温柔乡"；是她的不笑，致使君王"烽火戏诸侯"。

他把西周的江山拱手奉上，只为博美人一笑。她笑了，他醉了，即使亡国也心甘情愿。

她是一个冷若冰霜的女子，无意于他的讨好，他的用心良苦。他是否亡国，与她并不相干。只是，只是他的讨好，使得他荒废朝政，怨气只能冲她来。

《大雅·瞻卬》这首诗，就是一首写周幽王乱政亡国的诗。他昏愦腐朽，宠幸褒姒，败坏纪纲，任用奸人，招致天下人怨声载道。苍天无情，天下久不太平，西周无有安定之处，加上病虫危害庄稼，百姓长年累月食不果腹。

"哲夫成城，哲妇倾城。"男子有才称霸，女子有才亡国。是褒姒太猖狂，如枭如鸱、花言巧语，使得灾难恶祸频发。祸乱并非从天而降，是她倾国倾城，毁了西周的君王。

"藐藐昊下，无不可巩。无忝皇祖，式救尔后。"皇天后土，神灵保佑，愿苍天能定住乾坤，切勿辱没祖宗，拯救国家，拯救我们这些子孙吧。

百姓的哀号，惊醒了她。她不能忘记，她的国，她的家，她的百姓，谁又在乎过他们的哀号呢？

也只有西周灭了，她才会笑，这是报应啊！

褒姒成为周幽王姬宫湦的女人，源于褒国战败了。十几岁的她，是褒国氏族首领的养女，她被当作投降的礼物，献给了姬宫湦。

她面若冰霜，神色凝重地走进了西周王宫。她的不笑，她的凝重，她的"厌烦与绝望"，一时吸引了姬宫湦。他爱上了这个不爱笑的美人。

身为帝王，多少女子使出浑身解数讨好他，他早就厌烦了。然而，褒姒是不同的，她容颜美妙，身姿妖娆，尤其她的冰冷，仿佛画中的女子，只可远观不可触摸。

他迷恋得要死。

他的迷恋冲昏了他的头脑，忘记不笑的背后，究竟是怎样的一番无奈与悲苦。也或许，他是懂她的，知道褒国的灭亡给她带来了伤痛，所以他开始使出浑身解数讨好她。为了让美人一笑，他为她造琼台、制美裳，召乐工鸣钟击鼓，令宫人歌舞。

她不能开心，亦不会为此展颜。她默默地看着这个荒唐的男子为自己忙碌，仍是笑不起来。她不爱他，给她多少也不会欢心。

《东周列国志》上写，褒姒喜欢听裂帛的声音，姬宫湦便命人从国库取来丝帛，整日撕裂丝帛给褒姒听。

莫怪百姓怨声载道。民间食不果腹，宫中奢靡成趣，这撕裂的是多少人的心？只因她喜欢听，便成了指责的对象。

试问，是谁将丝帛双手奉上？

她仍是不笑。他反复探问，她只好冷冷地答："妾平生不笑。"

他问她喜欢什么，她答："妾无所好。"

一个人，不可能无所喜好，她只是不与他说。于是，她的喜好，成了他心头最大的疑团。为了让她展颜，他甚至废掉了申后和太子，立她的儿子伯服为太子，将她推向皇后的位置。

她仍是不肯喜笑颜开。

她果真是画里的美人，无人能猜透她的心思，也无人能听她多说一言。一切，她都默默地接受，不笑也不拒绝。

她自从踏入皇宫的那一刻，也许已经当自己死了。她的命运无从选择，为了保住所剩不多的褒国百姓，她只能活着，如同行尸走肉般地活着。

姬宫湦一心想融化这个冰山美人。在他看来，只要他打动了她的心，她的忧愁、她的悲苦、她的心伤便能化解。

他要融化她，一点一点地融化。

周国为了预防敌人突然攻击，设置了烽火台和大鼓，每当敌人来时便点燃烽火召集援兵，好救国家于水火。据《史记》载，为了让褒姒笑，有一次姬宫湦点燃了烽火，诸侯们率兵赶来，等诸侯发现并没有敌人时，褒姒看到诸侯惊慌失措的样子，竟哈哈大笑起来。

姬宫湦见褒姒笑了，开心得不能自已，后来竟多次点燃烽火供她开心。

《吕氏春秋》也有另一番记载，说姬宫湦并非点燃烽火，而是击响了大鼓，用鼓来召集诸侯和援兵。不管是点燃烽火，还是击鼓，总之这是一出令人看罢哑然失笑的荒唐事。

一个君王，怎能为博美人一笑，而"烽火戏诸侯"呢？

不是美人祸国，是君王太荒唐。他看到她笑了，也只是看到她笑了，以为此举打动了她的心，却从未想过，她为何笑了。

没人知道她为什么偏偏那个时候笑了，也没人知道她站在烽火台上看到了什么。也许她看到了西周的灭亡，也许她看到了西周的报应，也许她在笑他的荒唐。

在她面前，历史上所有倾国倾城的女子，都不如她的"倾国倾城"来得真实。

她的一笑，倾覆了西周的天下。

结局不难猜测。姬宫湦多次"戏诸侯"，换来的一定是"狼来了"的结局。当他威信尽失，申国、缯西、西夷共同攻打西周，姬宫湦再次点燃烽火时，诸侯们自然也不会再相信他了。

申后的兄弟申侯，引犬戎入镐京，姬宫湦和伯服被杀，褒姒被犬戎掳走，从此再无人知道她的生死。

西周灭了。

在冰山美人的一笑里。

她为何有如此强大的魅力，让西周灭亡？众人纷纷猜测，然后给她的身世加了一个传说。

夏朝末年，夏帝门前突然来了两条神龙，它们说："吾们乃褒国先王。"夏帝占卜，占得神龙不可杀掉，不可赶走，也不可留下。于是，他又起一卦，占得的结果是，只要将神龙唾沫藏之即可。

神龙应允，遂吐唾沫于匣中，夏帝将此匣收好。夏朝灭亡，此匣传至商朝。商朝灭亡后，匣子传到了周朝。历经三代，无人想过打开它。直到周厉王末年，才打开观看。不承想，唾沫流入宫中，再也无法除去。周厉王不敢靠近，命令妇女赤身对它呼喊，吐沫在一声声呼喊中化作玄鼋，窜到了周厉王的后宫。

有位七八岁的侍女在后宫中碰到玄鼋，成年后便怀孕了。她从未与男子同房，只好将这个孩子丢弃。

此前，有一首童谣传到了周宣王的耳中："桑木做弓，箕木制成箭袋，几亡周国。"宣王听完闷闷不乐，便派人暗中杀掉这些人。有一对夫妇在逃跑的路上，遇见被丢弃的女婴，因可怜她而将她收养。

夫妇两人抱着女婴继续逃亡，最后逃到了褒国。后来，褒国战败，褒姓氏族将这个女婴献给姬宫湦赎罪，才有了后来的褒姒。

褒是她的国，姒是她的姓，她叫什么，历史上从无记载。

她好像是注定来亡西周的。她好像是故意让他演出一场滑稽大戏供世人哈哈大笑的。

她让他自作孽，再难活下去。她让他，尝到了她曾经尝过的滋味。

当烽火台上再没了姬宫湦，没了褒姒，没有诸侯，也没了她倾城的一笑，留下的只有一座座堆满尸骨的城。

"哲夫成城，哲妇倾城。"这是她和申侯演出的一场"报复"大戏，那个为她费尽心思的男子，不过是她"报复"的对象。

他最终也没能融化她。

哪怕献上江山，流出鲜血，也再没能换得美人一笑。

不过，从此之后，她怕是真的不会笑了。因为世间再无男子肯为了她奉上江山，博她一笑了。

4. 岂曰无衣？此心是袍

秦风·无衣 佚名

岂曰无衣？与子同袍。王于兴师，修我戈矛。与子同仇！
岂曰无衣？与子同泽。王于兴师，修我矛戟。与子偕作！
岂曰无衣？与子同裳。王于兴师，修我甲兵。与子偕行！

周幽王败了。

他的"烽火戏诸侯"，最终戏谑了自己。他一直捧在手心里的美人，换来的是伶俐爪牙的撕咬、冰心之剑的刺杀。

不能说，是褒姒杀了他，但西周的灭亡，在历史上仍与褒姒脱不了干系。

心痛的，不仅有周幽王，还有西周的百姓。昔日，百姓在苦难中哀号，只为唤醒姬宫湦的心。却不承想，百姓的怨声载道，换来的是大悲无声。

真是天要灭我，纵使神仙也别无他法。

谁还能救一救西周，谁能？

自古以来，历史只会改朝换代，从不会因帝王的死去而停止斗争。所以，周幽王被杀后，后知后觉的诸侯们在慌乱中醒了过来。他们立即率兵攻打犬戎，并立宜臼为王，即周平王。

第二年，犬戎再次来犯，周平王向诸侯借兵，诸侯却不肯救援。此时，中原局势已今非昔比，东有东夷叛乱，北方的戎狄和南方的荆楚屡次进犯，使得中原危如累卵。此时，诸侯援助，等于自毁兵马。

无奈之下，周平王想起为周室牧马的秦部族，便派人前去求救。秦君得知后，认为秦周同源，理应举国之兵力打退犬戎。

此后，秦君一面与犬戎交战，一面护送周平王东迁。周平王感恩秦人的援助，将秦封为诸侯，赐秦君伯爵。

有了这般情义，秦人开始恨犬戎，将他们视为己仇。直至穆公，九代秦君，皆与犬戎浴血奋战，视死如归。在这场战争中，秦周两兵不仅灭了犬戎之国，更是扩地千里，将戎族化为秦周子民。

《秦风·无衣》这首诗，写于秦周共抗犬戎之时。

当周平王向秦君求助时，秦族子民也认为他们有同袍之义。据《左传》记载，鲁定公四年（506），吴国攻陷楚国后，楚臣到秦国求援，秦国人民，"立依于庭墙而哭，日夜不绝声，勺饮不入口，七日，秦哀公为之赋《无衣》，九顿首而坐，秦师乃出"。

有了同袍之助，楚击退了吴兵。

可见，在商周时期，只要有《秦风·无衣》之诗句吟唱，便有大批的秦族百姓愿为同袍而出征。

岂曰无衣？与子同袍。王于兴师，修我戈矛。与子同仇！

谁说你没有衣裳？我愿与你身披同样的战袍。秦君下令派我们出征打仗，我们理应义不容辞。不信你看，我已修好了我的戈与矛，只待敌人来犯时，将他们一举击杀。

不要忘记了，他们可是我们共同的敌人呀！

　　秦地人民实行的是兵制，即人人皆可是兵。

　　普通男子，平时过着百姓的生活，待战争到来时，他们便立即披上战袍，带上兵器，奔赴战场。

　　他们时时做着准备，日日擦拭着兵器。为国牺牲，为同袍而战，他们毫无怨言。一句"岂曰无衣"，已有气吞山河之势，洋溢着怒不可遏的愤慨。

　　接着，他们便拿起兵器，向你证明他们的骁勇善战和必胜的决心。

　　岂曰无衣？与子同泽。王于兴师，修我矛戟。与子偕作！

　　谁说你没有衣裳？我愿与你穿同样的汗衫。秦君即派我们出兵征战，我们已修好了我们的矛与戟。我愿与你一同战斗，对战我们共同的敌人！

　　"与子同泽""修我矛戟"，不仅仅是我，而是我们。只要我们联手，便能战无不胜。

一句"与子同泽"，像是一颗定心丸。他在告诉你，兄弟莫怕，你有强大的后盾，我们秦民便是你最大的靠山。

明明是周平王来借兵，反而秦兵在安慰他们。国难当头，虽说秦部族有同袍之义，但能心甘情愿共担国之大任，其精神已并非兄弟情义，而是崇高的英雄主义情怀了。

岂曰无衣？与子同裳。王于兴师，修我甲兵。与子偕行！

谁说你没有衣裳？谁说你没有兄弟？我不是你的兄弟，不正穿着与你一样的衣裳吗？秦君让我们出兵征战，我们已修好盔甲兵器，只等与你一同前去！

金戈铁马、盔甲兵器，士兵们准备好后，踏着大步朝敌方前进。

他们边走边歌，声调激昂，鼓舞着士气。那黑压压一望无际的士兵，带着高昂、同仇敌忾的情绪，使得犬戎士兵望而生畏。

《周易大传》曰："二人同心，其利断金。"意指，只要两个人同心，其锋利的程度可以断金。有了周秦兄弟的"同心"，也必能战无不胜。

班固在《汉书·赵充国辛庆忌传赞》中说，秦地"民俗修习战备，高上勇力，鞍马骑射。故秦诗曰：'王于兴师，修我甲兵，与子偕行。'其风声气俗自古而然，今之歌谣慷慨风流犹存焉"。

在大敌当前，兵临城下之际，个人算得了什么，自是要以大局为重。此时，君民必须同心，才能拧成一股绳，完成最终的使命。

这不是其风声气俗自古而然，其一片赤诚、热切为他人奉献的心，也"自古而然"。

西周灭亡了。有人路过镐京，却再也看不见昔日的宫殿庙宇。

物是人非，一切都太快了。有人心痛而悲，不禁写下一首叫作《王风·黍离》的悲歌：

彼黍离离，彼稷之苗。行迈靡靡，中心摇摇。知我者，谓我心忧，不知我者，谓我何求。悠悠苍天！此何人哉？

彼黍离离，彼稷之穗。行迈靡靡，中心如醉。知我者，谓我心忧，不知我者，谓我何求。悠悠苍天！此何人哉？

彼黍离离，彼稷之实。行迈靡靡，中心如噎。知我者，谓我心忧，不知我者，谓我何求。悠悠苍天！此何人哉？

曾经强盛的西周，如今只剩下满目的糜子。败了，不在了，西周也已改为东周。

世间的人，有谁知他的忧，懂他的求？

莫怕，兄弟，我们懂。

秦兵慷慨之歌传遍了中原大地，感动了无数中原百姓。他们的无声之悲，终于有人回应，他们的西周，终于有人解救了。

只是，沧海桑田，一切终究会过去。如同西周也会改为东周。

故人离去，故国难寻，往事再难追回。这痛只有西周的人懂。

怕什么呢？我们还在。只要秦民还在，这一片土地便会永远长存。

　　凭着这种精神，他们扩地千里，将戎族化为秦周子民。

　　曾经的痛，可能无人懂，胜利之际，这一份喜悦，却是万万人在同庆。

　　东周的百姓，你笑了吗？

5. 输了也是英雄

垓下歌　项羽

力拔山兮气盖世，时不利兮骓不逝。

骓不逝兮可奈何！虞兮虞兮奈若何！

第一次听到楚霸王的故事，来自一首歌。那时，电视里每天都会播放屠洪刚老师演唱的《霸王别姬》：

我站在烈烈风中，

恨不能荡尽绵绵心痛。

望苍天，

四方云动，

剑在手，

问天下谁是英雄。

……

儿时年幼，不知何为英雄，但那首歌的气势确实足够压人。后来，阅读《史记·项羽本纪》，说到秦始皇游会稽、渡浙江，项羽见到秦始皇的威风后，说："彼可取而代也。"

一句"彼可取而代也"，已敌世间万千男子。

可他最终败了。

"力拔山兮气盖世，时不利兮骓不逝。"武功盖世，气吞山河，终究难挽士兵的归家之心，也敌不过虞姬死前那一舞。

项羽站在风中，怀里抱着虞姬的尸骨，恨不能荡尽这绵绵心痛。

他的士兵逃跑了，他心爱的女子也离他而去了。

剑依旧在手，他依旧要做个英雄。他仍在问，这天下谁才是英雄？

"虞姬，你说，我是英雄吗？"

乌江岸边，他已笑看生死："天之亡我，我何渡为！且籍与江东子弟八千人渡江而西，今无一人还，纵江东父兄怜而王我，我何面目见之？纵彼不言，籍独不愧于心乎？"

英雄能败，不能降。即使败，也要败得夺目，败得气势恢宏，败得气吞山河。

他用那把打天下的剑，结束了自己。

自古英雄爱美人，项羽爱美人，更爱江山。

虞姬，有人称她为虞美人，也有人说虞是她的名字。关于"姬"字，更是一笔说不清的糊涂账。有人说"姬"为姓，也有人说因为她长得美，所以称"姬"。

她何时来到项羽身边，成为他的姬妾已不得而知，人们只知道历史上曾有一位佳人陪着项羽打江山。

自古美人也爱英雄。她随他颠沛流离，朝不保夕，脑袋系在腰带上，她不怕，也不怨。虞姬坚信，她看上的男子一定不会有错。

他外出征战，她在营帐内等他归来；他战累在帐内安息，她侍奉左右；他打了胜仗归来，她一定会为他舞剑助兴……

她最善舞剑，如他一样。

他用剑征服天下，她用剑征服心爱的男子。

可是他们忽略了，并不是所有人都想赢得天下和爱人的心。

"家中撇得双亲在，朝朝暮暮盼儿归。田园将芜胡不归，千里从军为了谁！沙场壮士轻生死，十年征战几人回！"

不知谁在唱楚歌。歌声委婉凄凉，给楚军的战士们带去了一丝乡愁。双亲、盼儿归、生死、几人回……这些词唱得楚军军心大乱。

垓下之战，楚营帐外四面楚歌，仅剩的八千子弟，早已没了往昔的斗志。双亲，是人性的软肋。韩信吃准了将士们久战在外，巧用"思乡曲"一下子击中了楚军的死穴，使得江东弟子一夜之间纷纷离项羽而去。

项羽不战而败。

雏不逝兮可奈何。

那晚，项羽独坐帐中，借酒浇愁。他的心，又何尝没有乱过？他一生征战，只为衣锦荣归，殊不知却落得这般田地，又如何对得起曾经许下的誓言？

战士们归心似箭，他不怪他们。只要他们能够活命，也算对得起这班同他出生入死的兄弟。

战士们可以逃，可以苟活，项羽却不能。他不能退，只能以死相酬。

虞姬盛装前来。她浓妆淡抹，一身嫣红衣衫，典雅富丽。她往他的杯中添酒，如同往常，不惊不惧。

她不言愁，反而轻颦浅笑，坦然自若。虞姬深知，生死由命，如果项羽没得选，那她也没有选择。

谁让她早已是他的女人呢？

项羽见到虞姬很是难过。他拉她入怀，告诉她逃跑的办法。她只是一介女子，纵算落入敌军之手，说不定也能侥幸逃脱。

虞姬打断他说："项王，不如我为您再舞上一段。"

项羽只道："好！"

虞兮虞兮奈若何！

英雄纵然有拔山之力，却也难以挽回众人的归家之心，他拿虞姬更是没办法了。

虞姬，又能如何？

她唯一能做的，便是为他再舞上一段，与他做最后的诀别，为他的死再添上一笔华彩。

虞姬取了他腰间的剑作舞。项羽看着她，缓缓露出微笑，似乎已忘记了帐外正在逃离的兄弟。

项羽突然释怀了。他不再绝望，不再感慨那无法兑现的豪情壮志。人生有八千兄弟活命，有美人饯行，死又有何惧？

虞姬挥剑，翩翩袅袅，身似蛟龙。曾几何时，她已不再年轻。长年战乱沧桑了她的容颜，风沙埋没了她的风华。

项羽烛下望红颜，只叹此生最对不住的，便是眼前的美人。他曾许她一世繁华，却让她在刀剑中度过了许多年岁。

她舞得越来越急，越来越快。渐渐地，他看不清她的脸，连她整个人也变得恍恍惚惚，融入一团暗黄色的光晕里。

他的人生又何尝不是如此呢？打打杀杀半辈子，生命、江山、美人，终究是留不住的。

其实，她又何尝不知呢？他的剑、马、美人，每一个都令他担忧，怕落入敌军之手，怕他们以后生无着落。

她唯有一死，才能断去他的后顾之忧。

虞姬舞了半生的剑，最终用那把剑割破了自己的脖颈。

他醉了，她倒了。

他抱住她，难以置信，心痛得眼泪几乎掉下来。

虞姬抚摸着项羽的脸，露出最后的微笑："汉兵已略地，四方楚歌声。大王意气尽，贱妾何聊生！"

说完，她气绝而尽。

一切竟这样快。失败、失去，都恍若弹指一挥间。她的离去才让他深刻明白，他是深深爱着她的。

美人，不过是英雄的附庸。他胜利了，她封后封妃，是他胜利的点缀。他失败了，她则变成敌军的战利品，受尽屈辱。

可对于女人来说，男人是她的一切。若能同他死在一起，已是最为圆满的收梢。

倘若一切可以重来，她仍要做英雄的女人，哪怕穷途末路，再次赴死，也无忧无惧。

倘若项羽可以重新选择，他仍要做个英雄，因为大丈夫生当如此。

"大丈夫生当如此"，不是刘邦之言吗？

原来，当他决心做个英雄时便已输了。因为他只想做个英雄，而刘邦则想做治世的帝王。

英雄意味着靠拳头说话，意味着打出一片天地。帝王则不然，他们不一定靠拳头去打，略施小计便能四两拨千斤。

项羽贵如万金，却输给了刘邦的四两"思乡曲"。

人生有太多事，从一开始便已注定。

次日，乌江之畔，项羽毫无牵挂地走了。

乌江自刎，他成了英雄，名垂青史。

曹松在《己亥岁二首·僖宗广明元年》中写道：

> 泽国江山入战图，生民何计乐樵苏。
> 凭君莫话封侯事，一将功成万骨枯。
>
> 传闻一战百神愁，两岸强兵过未休。
> 谁道沧江总无事，近来长共血争流。

坐拥天下，牺牲的是万千白骨。项羽自刎后，这段战事终于告一段落了。

他的故事结束了，但战争无休无止，永不会结束。以后，依旧有成千上万的白骨因战事化为尘埃。

项羽和虞姬的爱情结束了，但千百年来，无数人演绎着他们的爱情故事，新版本的解读永远不会结束。

他们真的爱过吗？也许爱过，也许仅仅是宿命。

假如，项羽胜利了。虞姬封后封妃，她真的能快乐吗？按照常规剧情，她很可能死于宫斗，也或许被项羽嫌弃，成为另一个陈阿娇。

死得悲壮，对于虞姬来说，说不定是最好的结局。

不过对于项羽来说，他永远想做英雄。假如有来世，他依旧要杀出一片天地，直到称帝。

不信你听：

我心中你最重，

悲欢共生死同，

你用柔情刻骨，

换我豪情天纵。

我心中你最重，

我的泪向天冲，

来世也当称雄，

归去斜阳正浓。

纵使有来世，我还是会牺牲你，我依旧要做个精神不死的英雄。

生生世世，永永远远！

6. 天地闭合，此情不移

上 邪 佚名

我欲与君相知，长命无绝衰。

山无陵，江水为竭，冬雷震震，夏雨雪。天地合，乃敢与君绝！

"山无陵，天地合，才敢与君绝。"当紫薇一字一顿向尔康许下爱情誓言时，许多女子被他们的爱情感动了。

人生得此良君，夫复何求？

郎有情，妾有意，不得不打一个响指，大呼一声："完美！"

后来，读乐府《上邪》，才知此句原来有出处。读完后却被这坚贞不渝的爱情吓着了。

"我欲与君相知，长命无绝衰。"

苍天为证，我想与心上人相爱相知，此心永无绝衰之日。

"山无陵，江水为竭，冬雷震震，夏雨雪。天地合，乃敢与君绝！"

直到群山失去高峰，滔滔江水枯竭干涸，冬雷划破天际，夏日里雨雪纷飞，天地合二为一，那时我才敢与你分别。

一个女子，还不知心上人是否倾慕她，便已对天起如此重誓，此后若无法嫁于心上人可怎么得了？莫非要孤寡一生，守着一份相思过日子？抑或大胆求爱，直到得到他的心为止？

男子多薄幸，纵算他与你相爱相知，谁又能保证他对你负责一生？

山河消失，四季颠倒，天地重归混沌，可能很难发生，但自古以来，爱情的消逝不断上演着。

历史告诉我们，再至死不渝的爱情，也如镜花水月，一旦回归现实，爱情便也碎了。所以，女人只好一次又一次地追问，你爱不爱我？

她们不怕天地归于混沌，她们怕的是，爱情闭合，与君不相知之时。

有人说《上邪》的作者，是长沙王吴芮的王妃毛苹所作。她许下此般誓言时，并非得遇良人之时，而是吴芮与她相伴半生后，她对他许下的誓言。

她生于战乱时期，夫君吴芮是吴王夫差的后代。吴国被越王勾践灭掉后，其子孙四处避难，吴芮便是其中一支。

吴芮自幼聪颖，喜爱研究兵法，更善于带兵布阵。他起先追随项羽，因战绩卓著而被封为衡山王。后来吴芮结识了张良，两人一见如故，他在张良的劝导下，开始追随刘邦，共同抗楚。

吴芮曾为楚军将领，后又拥护刘邦，多疑的刘邦怎肯轻易相信他？不过，刘邦为了拉拢人心，稳定局势，还是封吴芮为长沙王。

毛苹何时嫁于吴芮，不得而知，唯一所知的便是，他们因战乱而聚少离多。

连年征战，乱世谋生，纵使贵为长沙王，依旧难保明日的平安。他要在乱世中保护他的子民，保护自己的家庭。他对她纵使情意绵绵，也只能藏于心中，免得以后让这个软肋成为敌人挟制他的利器。

倘若一将功成，他便功成身退；倘若战败……他不敢想。

感情，在长时间的相思中越来越黏稠。在漫长无尽等待的时光中，吴芮已成为毛苹心口上的朱砂痣。他一直挂在她的心口上，殷殷艳艳，手指似乎可以触摸那思念，却总是摸不到他的脸。

不过，她坚信，终有一日，他们会携手退隐山林，在那里走完余生。

自古帝王一旦功成，首先要做的便是铲除消灭异姓王。吴芮打了半生的仗，终有一天自家账也算到了自己头上。

当刘邦成为汉高祖，功臣异姓八国中的张耳、彭越、黥布、臧荼、卢绾与两韩信，皆因子虚乌有的罪名而被杀被废，唯独吴芮及其子孙世袭长沙王而得善终。

与其说是自幼读的兵书救了吴芮，不如说是他的退隐之心让刘邦放过了他。

当一个人不再有向上爬的欲望，他便成了人畜无害的人。

无争才能无所失去。

吴芮与毛苹携手退隐这一年，已是40岁的中年人。汉朝根基稳固，战乱得以平息，他终于可以无牵无挂地牵起她的手，却发现她已年华老去。

"一向红颜多薄命，古来征战几人回。"他回来了，便再不想错过。

他内心愧疚万分。为了弥补对她的亏欠，这一年生辰，他与她携手泛舟湘江。

在船上，吴芮有些惆怅。他打了半生的仗，提心吊胆地过了大半生，如今一切归于平静，他感觉留下的只有满目疮痍的疲惫。

他打累了，想必她也等累了吧。

天地万物都在变，人心也在变，他眼前的佳人是否还依旧待他如初？

天底下，是否真有永不会变的爱情？他丢下了王权富贵，丢下了名利，如今的选择果真是正确的吗？

毛苹读懂了他的心思。她起身，望着一水湘江，轻声道：

我欲与君相知，长命无绝衰。

山无陵，江水为竭，冬雷震震，夏雨雪。天地合，乃敢与君绝！

夫君啊，即使天地万物颠覆，我对你的情也是不变的。这下，你信了吗？

吴芮大恸，只道："芮归当赴天台，观天门之瞑晦。"

该做的已做完，他也应当归于家乡，朝看日月东升，夕送日月西沉。此生得此佳人，他还要什么？

吴芮已知足。

这一年，他们远遁山林，逍遥人生。这一年，他们双双辞世，无疾而终。

夫妻二人同时离世，成了历史上的不解之谜。有人信不过，猜测这样的结局是完美的借口，他们只是为了隐姓埋名，过更自在的人生。

不管真实结局如何，时至今日，天地并未颠覆，四季也未曾颠倒，那她的誓言就还作数吧？

她还爱着他，直至今昔。

毛苹不需要吴芮一次又一次地说爱她，她也不怕孤独终老，她只要承诺去爱他就够了。

她此番誓言，既没有赖上男人的撒泼打滚，也没有紫薇般的你侬我侬，她有的只是在恰当的时机，说出了最令他安心的话。

那么，这份爱真的永不会改变吗？

当然会变。这天下并无永不改变的爱，唯一不变的，是变本身。

当他们在另一个世界醒来，也许已认不清彼此，也许喝下那碗叫作孟婆的汤后，身边已换了良人。

山无陵，天地合，乃敢与君绝。

生死，分开了他们。他们终于归于混沌，她也终于，无须再坚守誓言了。

只是这份爱会一直流传下去，如同这首"汉乐府"，直至永远……

7. 闻君有两意，痛也要决绝

白头吟　卓文君

皑如山上雪，皎若云间月。
闻君有两意，故来相决绝。
今日斗酒会，明旦沟水头。
躞蹀御沟上，沟水东西流。
凄凄复凄凄，嫁娶不须啼。
愿得一人心，白头不相离。
竹竿何袅袅，鱼尾何簁簁。
男儿重意气，何用钱刀为。

很多年后，再次读到卓文君这句"闻君有两意，故来相决绝"时，仍旧佩服她的干脆利落。

分手，分得漂亮的极少。她这般多情，却又这般刚烈，纵使爱得深入骨髓，仍容不得他有二心。不要死缠烂打，不要悲悲戚戚，更不要委屈挽留，既然你已不爱我，那么我便还你自由。

我把悲伤留给自己，只给你一个漂亮的转身。

司马相如读到她写下的绝情诗，恍若看见她优雅的背影。他不过想纳妾，她怎就不能识大体地选择隐忍？更何况，他已不再是当年落魄的琴师，而是皇帝亲封的郎官。他可给她荣华富贵，她自然也要有所牺牲。

谁说纳妾便不能"愿得一人心，白头不相离"？

他虽有二心，但仍能许她白头到老。

卓文君的转身，让司马相如乱了方寸。当她选择"愿得一人心"时，他自然要掂量他的二心，能否成全自己的白头到老。

在这场博弈中，卓文君赢了。她用决绝壮烈，唤回了夫君的心。

那一年，芳草重生。

这一场相遇，注定惊心动魄。

纵使过去了许多年，卓文君仍不能忘记，绿绮琴声飘来时，她便已芳心暗许。她在茫茫人群中找寻他的身影，那一双横波目，隔着湘帘与她轻轻一碰，刹那间，她早已枯萎的心荡漾起水波来。

她确定此生一定是他了。

那日，卓家举办酒席，表面上是普通宴请，实则为她这位小寡妇选择新婿。她自幼习书画，会作诗，通音律，善抚琴。凭借卓家家世与良好的修养，她嫁给了皇家子孙。原本结的是一段良缘，无奈皇孙命短，成亲不足一年，他便死去了。

她还来不及学会爱，这段情便不了了之了。回到娘家，她不哭不笑，整日无精打采，父亲以为她为情所伤，所以才举办了酒席，免得她这样寂寂下去。

来赴宴者非富即贵。那些公子，风度翩然，风流潇洒，有才有学，"应征者"无一不是才貌俱佳。

可她偏偏谁也没看上，独独中意这位穷琴师。

他似乎有备而来，席间所奏《凤求凰》，于她更是非比寻常。他琴艺高超，一音一符皆是对她的示爱。

凤兮凤兮归故乡，遨游四海求其凰。

时未遇兮无所将，何悟今夕升斯堂。

有艳淑女在闺房，室迩人遐毒我肠。

何缘交颈为鸳鸯，胡颉颃兮共翱翔。

凰兮凰兮从我栖，得托孳尾永为妃。

交情通意心和谐，中夜相从知者谁？

双翼俱起翻高飞，无感我思使余悲。

"有艳淑女在闺房，室迩人遐毒我肠。"说的，不正是她吗？

虽然世间好男儿无数，可知音难觅。他懂她的寂寞，欣赏她的绝代芳华，他在求她，期盼与她做一对交颈的鸳鸯。

既然郎有情，妾有意，那还等什么？

一切就是这样快。

他轻轻一瞥，她缓缓一听，便已定下终身。

一曲毕，卓文君捂着怦然跳动的心，久久不能平静。她退回内堂，不知如何是好。

很快，他来了。

他买通侍女，将他的爱慕之意重新表白一次。他要确定，她是否也中意他。

是的，是的。她很中意他，纵使上刀山，下火海，她也是在劫难逃了。

司马相如，除了弹得一手好琴、写得一首好诗、作得一首好赋外，再无其他了。当父母得知卓文君芳心暗许司马相如时，他们简直气红了眼。卓家富甲一方，卓文君纵使新寡再嫁，他们也不能将女儿许给穷酸琴师。

刀山火海都不怕，那还怕什么？既然父母反对，那倒不如与心上人私奔，好去过自在逍遥的快活日子。

那夜，她和他私奔了。

在卓文君看来，司马相如穷不算什么，反正卓家有座金山，父母随便分配点金银财宝，再加以提携，这女婿不就有排面了？

在许多人看来，私奔实是无奈之举，既疯狂，又无情，一个女儿家怎能不顾及名节与父母，做出有违伦常之事？可是，只有女儿最了解自己的父亲。她料定父亲不会看她白白受苦，不会对她的贫寒境遇放手不管。

所以，她又回去了。

卓文君从成都回到临邛，抛下千金之身，换上粗布麻衣，当垆卖酒。司马相如亦舍下文人架子，在酒馆里当起了跑堂，与伙计一起擦桌扫地、洗碟刷碗。

日子着实辛苦，许多人都看不下去了。有人开始劝卓王孙，不如就接受吧。卓父听闻女儿的境遇后，十分生气，大怒道："女至不材，我不忍杀，不分一钱也。"

这是卓文君与父亲的博弈。她赌他心会软，他赌她绝境之下定会回头……

果然，最后还是卓文君赢了。她的私奔，换来了父亲的原谅。没多久，父亲派人送来钱财和仆人，让他们过上了富裕的生活。

历经此事后，司马相如对卓文君更加喜爱。原来，她不仅有婀娜身姿、桃花娇面，还有男人不及的智慧。

她行事果敢活泼，也令他侧目。

已经很久了，司马相如再没弹过梁王所赠的那张绿绮琴。那夜，他抚琴弹奏，本为撩拨卓文君的芳心，谁知却拨动了汉武帝的心。

司马相如早年追随梁王，曾写下过《子虚赋》，汉武帝读罢此赋后称赞其才华，于是招司马相如赴京。

司马相如来到京师，献上《上林赋》。汉武帝一见，立即封司马相如为郎官。从此，他青云直上，一时风头无两。

卓文君眼光果然毒辣，所选男子没令她失望。可是，她笑不出来。自始至终，她所求的不过是与心爱之人，一起白头。

他走了三年又五载，她等啊等，那鬓发与年华，都随着她一人老去了。

她分明还是妙龄少妇，却总觉得自己在等待中苍老了。

智慧如卓文君，她怎能不知平步青云代表着什么？她似乎已做好了准备，只是她还是不能接受那样的结果。

家书一封又一封地来。字越写越少，情越写越薄。

终于，她收到了13个字的家书。"一二三四五六七八九十百千万"，唯独无"亿"。

既无意，也无忆。何须这般直白地撕破脸，许多事最好只去意会。

他要纳妾。

该来的还是来了，一切不出她所料。她来不及悲痛，立即写信回他：

一别之后，二地相悬。

只说是三四月，又谁知五六年。

七弦琴无心弹，八行书无可传。

九连环从中折断，十里长亭望眼欲穿。

百思想，千系念，万般无奈把君怨。

万语千言说不完，百无聊赖，十依栏杆。

重九登高看孤雁，八月仲秋月圆人不圆。

七月半，烧香秉烛问苍天，六月三伏天，人人摇扇我心寒。

五月石榴如火，偏遇阵阵冷雨浇花端。

四月枇杷未黄，我欲对镜心意乱。

忽匆匆，三月桃花随水转。

飘零零，二月风筝线儿断。

噫！郎呀郎，巴不得下一世你为女来我为男。

十三个字的家书上，卓文君偏偏加上了"噫"。不仅如此，此家诗首尾相连，所以也是一首联环情诗。噫！她在叹气，也在追问。但终究已不是司马相如所指的"意"了。

既然此君无意，那我又何必苦苦强求？她不再玩弄文字游戏，认认真真地作了一首《白头吟》，写下她真正想说的话：

> 皑如山上雪，皎若云间月。
> 闻君有两意，故来相决绝。
> 今日斗酒会，明旦沟水头。
> 躞蹀御沟上，沟水东西流。
> 凄凄复凄凄，嫁娶不须啼。
> 愿得一人心，白头不相离。
> 竹竿何袅袅，鱼尾何簁簁。
> 男儿重意气，何用钱刀为。

并附书："春华竞芳，五色凌素，琴尚在御，而新声代故！锦水有鸳，汉宫有木，彼物而新，嗟世之人兮，瞀于淫而不悟！朱弦断，明镜缺，朝露晞，芳时歇，白头吟，伤离别，努力加餐勿念妾，锦水汤汤，与君长诀！"

卓文君虽有"愿得一人心，白头不相离"的愿望，但"闻君有两意"的负心，她即使心痛也要"故来相决绝"。

"朱弦断，明镜缺，朝露晞，芳时歇"，她要告诉他，他们之间恩情已断，如同弦断，明镜破碎。此后，你走你的阳关道，我过我的独木桥。我无须指责你的背叛，你也无须征得我的原谅，我只求各自安好。

虽然是他有两意，是他要决绝，可决绝的到底是她。散了吧，绝不纠缠，只是请你保重自己，"努力加餐勿念妾"。

断、断、断，她反复提。散、散、散，她一遍又一遍地说。

勿念妾啊，勿念妾。

似乎在召唤。卓文君仍是爱他的，哪里舍得分手。可是，纠缠有用吗？委屈就一定能求得圆满吗？

她只求一人心，倘若他仍有两意，那她绝不回头。

锦水汤汤，与君长诀！

这是她最后的博弈。只是这一次，她不知道自己会不会输。

一封诀别书后，卓文君华丽转身。

他们背对背去往各自的终点站。她在等，等他回头唤住她，与她紧紧相拥，然后牵手共白头。

她强忍悲痛，一步一步，离他越来越远。她走得格外小心，格外慢，怕他追不上，怕听不到他的呼唤。

文君。他唤她。他回来了。

长卿。她转身，牵住了他伸过来的手。

这一把，她又赢了。

愿得一人心，白头不相离。

8. 爱终成殇

怨歌行　班婕妤

新裂齐纨素，鲜洁如霜雪。

裁为合欢扇，团团似明月。

出入君怀袖，动摇微风发。

常恐秋节至，凉飙夺炎热。

弃捐箧笥中，恩情中道绝。

她在历史上连一个名字也未留下，却成了历史上著名的红人。

她姓班，是汉成帝的婕妤，人称班婕妤。

纳兰容若有一首词，写的便是她，"人生若只如初见，何事秋风悲画扇。"

班婕妤出身名门，是楚令尹子文的后人，左曹越骑校尉班况的女儿，后嫁给汉成帝，又怎会落得"悲画扇"的结局？

自古以来，只要有人的地方就有斗争，而班婕妤便是那场斗争里的牺牲品。

她读书甚多，自幼聪慧，又优雅贤德，她并没有输，而是早已看透汉成帝的结局，离开或许才是最好的选择。

无奈，她离开后写下《怨歌行》，又名《团扇歌》，以团扇自比，这才有了"悲画扇"的结局。

她怨过吗？

当然怨过，无怨又何来"悲画扇"？

如果，人生若只如初见该多好。

汉建始元年，汉成帝刘骜即位，班氏被选入宫。她初进皇宫因貌美而受宠，由少使晋封为婕妤。她虽受宠，却从不恃宠而骄。一次，成帝为了与她同辇出游，特意命人制作两人乘坐的辇车，她看到后，道："贤圣之君皆有名臣在侧，三代末主仍有嬖女。"

她拒绝上辇，不敢奉诏。

听完，成帝一惊。她不仅貌美，还是一位识大体的贤女。因她的贤，她更深承君恩，成为成帝一时最爱的女子。

不仅如此，太后听说此事后，也称赞她说："古有樊姬，今有班婕妤。"

樊姬，楚庄王的樊姬，一代贤后。每每楚庄王犯错，樊姬定会出面指正，将楚庄王的心拉回到治理国家上来。楚国史书上云："楚之霸，樊姬之力也。"

太后拿她与樊姬相比，她对自我的要求又提升了一分。他宠她，她又怎能不爱他？一个女子，一入宫门，夫君便是她唯一的依靠。倘若她是樊姬，那他是楚庄王吗？

赵飞燕和赵合德的进宫，让班婕妤明白，他不是楚庄王。

昔日，楚庄王虽嫔妃众多，却在樊姬的建议下，始终没有沉迷于女色。樊姬深知，一个君王若整日沉迷女色，那便是亡国的开始。

而班婕妤的成帝，自双赵进宫后，便再不是他了。他甚至说

"吾当老死在（合德）温柔乡"里。

双赵的"温柔乡"，到底比她的圣贤更值得留恋。

班婕妤也承认双赵的美。她们在阳阿公主的精心调教下，婀娜多姿，身轻如燕，妩媚风流。若她是男子，怕是也会动心吧。

她似乎原谅了他。

世间男子，有谁不贪恋女色，更何况他本是拥有三宫六院的帝王。她始终坚信，女色终有被他厌烦的一天，女子令男人最为倾慕的，还是品格的高洁。

她在等，等他回心转意的一天。

飞燕和合德这一双姐妹，简直是倾城尤物，天生就是让男人来宠幸的。她们虽不是圣贤，也不识大体，但始终拴着成帝的心，使得成帝雨露再无均沾，全给了赵氏双姐妹。

成帝也召见过班婕妤。每次她都依照古代礼节，在成帝面前彬彬有礼。这是她的优势，是她区分"女色"唯一的特点，她不肯丢。她不断地加强妇德、妇容、妇才、妇工等方面的修养，希望自己也可以像樊姬那样以身作则，对汉成帝产生影响。

汉成帝见惯了飞燕和合德的风流，再看班婕妤的守礼便成了无趣。她并非王后，何须端庄大体？她只是妾，是妾就要有妾的样子。

班婕妤终于明白，她做不了樊姬。她没有她的果敢，更没有樊姬的地位。

她只是一个被宠爱过又被抛弃的女子。

赵氏姐妹入宫后，独受专宠，在宫里更是飞扬跋扈，横行霸道。许皇后对她们十分不满，无奈之余，只好在寝宫中设下神坛，整日诵经念佛，祈求皇帝早日觉醒。

　　赵氏姐妹一心想活下来，听闻皇后设下神坛，便借此机会扭曲事实，故意在汉成帝面前哭诉皇后咒骂自己和皇帝。

　　巫蛊之术在古代是天大的事，一旦被发现任谁也不能忍受。纵然许氏贵为皇后，仍旧被废，而班婕妤也因此遭受牵连，被赵飞燕借机诬陷为皇后同党，使得她彻底成了皇帝遗弃的人。

　　未央宫每天都有因巫蛊之术而怨死之人。她看着身边的宫人一个又一个被拉出去斩，她的心也死了。

　　他不相信她。

　　当他盘问她，巫蛊之事她是否参与时，她便彻底看透了他。她的贤，她的德，原来在他眼中一文不值，一丝也不值得信。

　　他也曾经是世间好男子，而今却因女人迷了眼，连是非黑白也不分了。

　　他为了她们，是否要杀尽天下人？

　　面对他的疑问，她只好回答："妾闻死生有命，富贵在天，修正尚尚不蒙福，为邪欲以何望？若鬼神有知，不受邪佞之诉；若其无知，诉之何益！故不为也。"

听完班婕妤的话，汉成帝心中有愧。是啊，她心性如此高洁，又怎会做令人不齿之事？他念旧情不予追究，并加以赏赐，好弥补对她的亏欠。

他从不亏欠她什么。纵然他曾经山盟海誓，如今背叛了爱情的诺言，她仍旧认为，她是那个先转身的人。

她等过，但她不想再等了。与其整日在宫中互相嫉妒、陷害、排挤，不如免除是非，急流勇退，明哲保身。

她请旨前往长信宫侍奉太后，汉成帝答应了。

此番一别，后会无期。

"等闲变却故人心，却道故人心易变。"他和她，都变了。

她将自己视为秋后的团扇，在他那里毫无用处后，便被弃于匣子中，于是，写下了这首《怨歌行》：

> 新裂齐纨素，鲜洁如霜雪。
> 裁为合欢扇，团团似明月。
> 出入君怀袖，动摇微风发。
> 常恐秋节至，凉飙夺炎热。
> 弃捐箧笥中，恩情中道绝。

她虽有怨，但她到底看清了时局；她虽无奈，但她也无法改变他；她虽惋惜，可这也是她主动选择的结果。

"恩情中道绝"，她和他缘分至此，谁又能说谁活得容易？

一年后，汉成帝死于"温柔乡"，死于他日盼夜盼的梦里。那时，赵飞燕已成为皇后，而赵合德也已被封为昭仪。

她以旁观者看她们晋封，不过这些终究与她无关了。

她还是在等，只是在等一个不一样的结局。她料到国家会亡，他会死于温柔乡，只是没想到竟会这样快。

她终于，还是等来了他。

她一生只爱过一个男子，自始至终都是他。即使曾经被他抛弃，被他冷落，她仍不愿他一个人。

无关爱情，只是一点怜悯罢了，毕竟曾经爱过。

或者，她还在等她，那个叫赵飞燕的女子。她很想问一问，她究竟有没有爱过他。

可惜班婕妤再也问不到了，一年后她病逝陵墓园，她心中的疑问也成了一个谜。多年后，赵飞燕失势，也来到了陵墓园，她选择在这里自杀。

此时，不知班婕妤去世前是否会回想当年她初见汉成帝时的样子。她彬彬有礼，仪态大方，美目微弯。她一下子入了他的眼，他也一下子撞到了她的心里。

如果她早知后来的结局，那一次的相见，她会不会再多点风情，多点妖媚，多点轻盈？

不管会不会，爱终是一场无言的殇。

9.结发为夫妻，恩爱两不疑

留别妻 苏武

结发为夫妻，恩爱两不疑。

欢娱在今夕，嬿婉及良时。

征夫怀远路，起视夜何其？

参辰皆已没，去去从此辞。

行役在战场，相见未有期。

握手一长叹，泪为生别滋。

努力爱春华，莫忘欢乐时。

生当复来归，死当长相思。

这世间，果真有至死不渝的誓言吗？

从来薄幸男儿辈，多负了佳人意。纵使有天长地久的承诺，也多是女子死不悔改，待男人狠心离去也不肯痛快放下。

这是承诺的相守，又怎能说是至死不渝？

不是不相信誓言的长久，而是不再相信男子的钟情。从来只见新人笑，哪闻旧人哭？男子给多情女子留下的，只有一串又一串无尽的悲情泪。

痛了，怕了。于是，再也不肯相信爱情，也不肯相信天下男子。

不将自己完全交托与谁，才不会输得一败涂地。

疑，是人类的天性，如同人性中的喜新厌旧。当苏武对妻子写下"结发为夫妻，恩爱两不疑"时，她是相信的。当苏武再写下"生当复来归，死当长相思"时，她只好无奈地笑。

公元前100年，匈奴政权新单于即位，汉武帝为表示友好，放回曾扣留汉朝的使节，并派遣苏武与一百多人出使匈奴。

匈奴野蛮凶残，此次出使前途未卜。苏武早已将个人生死置之度外，只是离别来临之际，他放不下家中的妻。临行前夜，他为了安慰结发之妻，伤感地写下了这首《留别妻》：

> 结发为夫妻，恩爱两不疑。
> 欢娱在今夕，嬿婉及良时。
> 征夫怀远路，起视夜何其？
> 参辰皆已没，去去从此辞。
> 行役在战场，相见未有期。
> 握手一长欢，泪为生别滋。
> 努力爱春华，莫忘欢乐时。
> 生当复来归，死当长相思。

自从与她结为夫妻后，他便只想与她恩爱到老。那夜，他和她缠绵恩爱，幸福都要溢出来。良辰美景，才子佳人，此刻还能彼此相伴，这时光只有无尽的美好。

只是，明天他便远行了，因此不得不起来夜看天色，那天亮了没有呢？当星辰隐没时，他就只能与她辞别了。此番离别，如同走上战场，团聚之日怕是遥遥无期了。

他舍不得她，她也舍不得他。两人不由自主地流下了热泪，似乎这一次就是诀别。幸福，竟这样简单，只要握着她的手，每分每秒都是快乐的。他向她承诺，那曾经相爱的时光，他永不会忘记。如果他有幸活着回来，一定会回到她的身边。如果他不幸为国而亡，他也会永远记着她、想着她……

这是苏武的承诺。他将此番誓言刻进生命，融入血液。命可断，血可流，他的思念、他的爱、他的承诺，永不会消亡。

她点点头，再次泪眼盈盈。她挥挥手，他已消失在使团队伍中。

他们的浓情还未散去，她便开始担心了。倘若他永不归家，她可如何是好，如何是好啊？

苏武抵达匈奴后，一切还算顺利。正当他准备返回大汉天国时，匈奴内部发生谋反事件，副使张胜参与谋划，使团被扣押下来。单于派降王卫律劝苏武投降，苏武听完，不屑地说："屈节辱命，虽生，何面目以归汉！"

说完，他拔刀自刎。后经胡巫抢救，才算活了下来。

单于欣赏苏武的气节，为了让他归顺，许他高官俸禄，但苏武仍拒绝投降。单于见劝诱无用，又将他置于露天大窖中，不给饮食。时逢天降大雪，苏武靠饮用雪水和羊皮袄，数日未死。

苏武濒临死亡之际，仍没有屈服的意思，而他能坚强地活下来，单于认为他得到了神灵庇佑，便不敢再为难他。不过，这样有气节的英才，单于仍不愿让他返回大汉。出于无奈，单于只好把苏武流放到苦寒的北海（今贝加尔湖）去牧羊。临行前，单于告诉苏武，既然你不肯降，那就等到公羊产乳，你再返回汉朝吧。

"苏武在匈奴，十年持汉节。白雁上林飞，空传一书札。牧羊边地苦，落日归心绝。渴饮月窟冰，饥餐天上雪。东还沙塞远，北怆河梁别。泣把李陵衣，相看泪成血。"后人李白，读罢苏武的故事，在这首《苏武》中，记录了他当时的困境。

饥渴饮冰吞雪，饿寒掘野鼠窝，吃野草籽。他生活屡陷困顿，但仍是"仗汉节牧羊，卧起操持，节旄尽落"，不肯归顺。

日复一日，年复一年，即使等到地老天荒，公羊又怎会产乳呢？脱落的节旄越发圆润光滑，光洁如镜的湖面越发平静，而他已白发苍苍，面容也越发地皱了。那一丝丝白发，是他对国家坚韧不屈的信念；那一道道皱纹，是他对她许下的誓言。

他对国家，对她的情，只增不减。

无数个夜晚，他抱羊而眠时，总能忆起与妻子离别的画面。"结发为夫妻，恩爱两不疑"，他仍旧思念着她、爱着她，只盼远方的她，安好。

苏武一分一秒地数，数了整整十九年。

十九年，于苏武是十几年如一日，一分一秒地苦挨。外面的世界，却是几度轮回，时光倏然而过。

囚禁苏武的单于死了，汉武帝也死了。汉昭帝继位数年后，匈奴与汉和亲。汉昭帝派使臣出使匈奴，请求接回被扣押的使节。苏武已被流放十多年，匈奴怕他回国后对自己的国家不利，谎称苏武早已死去。

后来，汉朝终于得知苏武仍健在，便放出假消息称，汉昭帝在上林苑中射得大雁一只，雁足系着帛书，有人认出是苏武的字迹。

经过一番交涉，苏武终于重回大汉。《汉书》记载道："武留匈奴凡十九岁，始以强壮出，及还，须发尽白。"

"生当复来归"，他回来了，他要实现对她的承诺，与她生生世世再不分离。

他推开家门，期盼再见到她嫣婉如春的容颜，渴望再紧紧握住她的双手，与她相携而笑。

可惜，一切早已不复存在。妻子得知他已死后，早改嫁他人。

是他回来得太晚了吗？还是……

从未爱过？

也许她是爱他的，只是漫长的等待让她早已失去信心。与其在等待中白了头，不如珍惜仅剩不多的时间，过一段平静安好的岁月。

她，安好。

如今，想必她也满头银发了吧。时光催老了她的容颜与青丝，也一定苍老了爱他的心。

结发为夫妻，恩爱两不疑。

在时间面前，有什么不能疑？不能移？

在《如懿传》中，如懿死后，乾隆久久不能忘记如懿。他一直记得，如懿断发的决绝。是他负了她，他不恨她断发的无情。然而，如懿不知道的是，他一直留着她的断发。临终前，乾隆将自己的一缕白发，与如懿的青丝放在一起，然后坦然而去。

他与她，总算做了"结发夫妻"。

可是苏武，从未负她，却再结不到妻子的头发了。

也许，他还留着她的青丝。他能做的，也不过如同乾隆般，将那白发青丝放在木匣中，让时光将它们永存。

一切执着，他从未后悔。即使国家背叛他，妻子背叛他，他仍不想做那个先背叛的人。他要保留，保留自己的气节，让自己做一个堂堂正正的好男儿。然后，坦然离去。

一壶浊酒喜相逢，古今多少事，都付笑谈中。

晚年的苏武早已看透人生。他不再执着，而是将财产散尽，彻底退隐。

死亡，不是结束，而是新的开始。假如有来生，他仍要结一段夫妻情缘，纵算再次被伤，他仍要坚守着好男儿的底气。

给世人、给男儿们一个榜样！

10. 人生寿促，天地长久

四言赠兄秀才入军诗·其七　嵇康

人生寿促，天地长久。

百年之期，孰云其寿。

思欲登仙，以济不朽。

缆辔踟蹰，仰顾我友。

那年，洛阳城内，人海如潮，车如流水马如龙。有人在人群中窥见一位不凡之人，便对王戎说："昨于稠人中始见嵇绍，昂昂然如野鹤之在鸡群。"

王戎听完呵呵一笑，回他："那是你没见过他的父亲啊！"

又一年，"竹林七贤"之一的山涛，与另外"两贤"把酒言欢，其夫人越墙偷窥一晚，待酒席散去，山涛问夫人此二人如何？夫人曰："你的才能不及他们二人，应该向他们好好学习。"山涛听完，只好说："我的为人、才干，他们也认为值得效法。"

再一年，他走向断头台，太学三千学生联名上书请愿，要求释放他，甚至诸多"豪俊皆随康入狱"，却未能保得他的性命。

面对生死，他大有"生者何欢，死者何惧"的气势。他手挥五弦琴，从容弹奏《广陵散》，仿佛已纵身山林间，忘记下一刻便是手起刀落。正如慧开禅师所言，"春有百花秋有月，夏有凉风冬有雪。若无闲事挂心头，便是人间好时节。"

人生寿促，天地长久。无为无不为，生死归一如。

他诗书琴俱佳，才华横溢，无师自通。他为人直爽义气，特立独行，非汤武而薄周孔，越名教而任自然。

在他身上，还有太多标签。比如，魏晋风度、名士风流、竹林七贤、广陵绝响、中散大夫等，多不胜数。

他是魏晋最出色的人物，他是文人中的神。他是嵇康，一个活得精彩、纯粹又真性情的人。

魏晋出名的男子，大多是历史上少有的美男子。就体貌而言，最美的是潘安，但史书上对外表描述最多的是嵇康。他似乎比潘安还要美。据《晋书》载："身长七尺八寸，美词气，有风仪，而土木形骸，不自藻饰，人以为龙章凤姿，天质自然。"《世说新语·容止》上也说他："嵇康身长七尺八寸，风姿特秀，见者叹曰：'萧萧肃肃，爽朗清举。'或曰：'肃肃如松下风，高而徐引。'山公曰：'嵇叔夜之为人也，岩岩若孤松之独立；其醉也，傀俄若玉山之将崩。'"

嵇康身高七尺八寸（179.4厘米），风采卓异，潇洒英俊，见者皆称赞他潇洒清朗，端正清高。还有人说，他像松下清风，潇洒清丽，高远绵长。他的好友山公（山涛）则说，嵇叔像山崖边上的孤松，傲然独立；他的醉态，也如玉山将倾。一次，嵇康去森林中采药，被樵夫误认为神仙，可想而知其俊逸超然的气质。

在他面前，即使儿子嵇绍如此鹤立鸡群，仍是不能比的，而他的哥哥嵇喜更是可怜得很。

有一次，吕安去找嵇康，正巧嵇康外出，嵇喜出门迎接，吕安不仅没有进去，还在门上写下"鳳"字，暗指他为凡鸟。

稽喜虽气，又能奈何？不仅如此，阮籍也不喜欢他。阮籍母亲去世，稽喜去吊孝，阮籍以白眼视之。稽康去了，他便携琴奉酒，以青眼迎之。

稽康早孤，哥哥稽喜将他带大，他对哥哥的情义非同一般。稽喜考取秀才，为求取功名而从军时，稽康写下了18首诗送给他，以抒离别之情。其中，最著名的便是《赠兄秀才入军诗·其十四》：

> 息徒兰圃，秣马华山。
> 流磻平皋，垂纶长川。
> 目送归鸿，手挥五弦。
> 俯仰自得，游心太玄。
> 嘉彼钓叟，得鱼忘筌。
> 郢人逝矣，谁与尽言？

稽康想象稽喜从军后，一路所见风光。他一边若有所思地目送归南鸿雁，一边手挥五弦琴，为他弹曲送行。稽康一直崇尚自由、自然之道，对哥哥从军的选择，进行了一番讽刺。他期盼哥哥有所觉醒，能够重新选择人生道路。其中，《四言赠兄秀才入军诗·其七》，写得更为明显：

> 人生寿促，天地长久。
> 百年之期，孰云其寿。
> 思欲登仙，以济不朽。

缆辔踟蹰，仰顾我友。

人生寿命短如一瞬，唯天地能亘古长存。人生不过百年，与天地相比算得了什么？明明想羽化登仙，肉身不朽，你却手揽辔绳，徘徊不前，抬头看自己的好友。

嵇康崇尚"越名教而任自然"。他拒绝仕途，不为外界是非动摇，更不受欲望牵制。与功名利禄相比，他更愿意坐于竹林中，谈玄论道，吟诗作赋，纵酒高歌，挥琴鼓瑟。他在《养生论》中说："善养生者则不然矣。清虚静泰，少私寡欲。知名位之伤德，故忽而不营，非欲而强禁也。"

厚味伤性命，劳心费心神，唯有清静无为，心无挂碍，才能健康长寿。他一生追求的，也不过是隐逸、洒脱，如同仙人般的日子。他以打铁为生，一来锻炼气力，二来挥发服食丹药后的药力，一切皆是他向往的生活。

他写《养生论》《答难养生论》《难宅无吉凶摄生论》等，渐渐地，他的名气也跟着大了起来。他因非凡的外表、俊逸的风度、机智的谈锋、犀利的言论而轰动洛阳。在何晏的介绍下，嵇康娶了曹操的曾孙女长乐亭主为妻，成了"嵇中散"。即使如此，他仍远离政治，做他的"随心散人"。

嵇康常常走入山林之中寻药问道。一次入森林，他偶遇《神仙传》中的孙登，遂从之游三年。三年，孙登沉默自守，不说一句话。嵇康临走，问曰："先生竟无言乎？"孙登告诫他："君性烈而才隽，其能免乎！"你虽才华很高，但性子太烈，如此下去难免要遭遇祸患。

嵇康离去后，并未将孙登之言放在心上。在他看来，一个人不能活得潇洒通畅，与死又有何异？后来，山涛走上仕途，从吏部郎的职位离任时，准备将此职推荐给嵇康，嵇康读罢信件，立即写了一篇《与山巨源绝交书》，与山涛断绝了往来。其书大意说，阮籍醇厚善良，从不多言，也还有礼法之士恨他；我无法与他相比，习惯了傲慢懒散，又不懂人情世故，还喜欢有话直言，如果做官，不知会招来多少祸事……我自知该如何立身处世，即便这是一条死路，也一定会坚定不移地走下去。如果你勉强让我做官，就是非把我推向沟壑不可……我喜欢过简单的生活，与亲友常聚，有浊酒可饮，有琴可歌，也便知足。我不适合做官，做官只会将我逼疯，我们没有如此深仇大恨，你应该不会为难我吧？

　　山涛自然不会再为难嵇康，也不会因此而与嵇康真正结下仇怨。通过此番信件，他看懂了嵇康背后的深义。嵇康不能为官，他娶长乐亭主为妻，表面上"曹魏"主持江山，实则司马氏集团正在崛起。无论他是否为官，身为"曹魏"的"散中大夫"，他都难逃一死。唯有与山涛撇清关系，才能保住这位好友。

　　嵇康还写过一封绝交信，是写给他的好友吕巽的。

　　吕巽与嵇康是好友，通过他认识了其弟吕安。吕巽人面兽心，贪恋吕安之妻的美貌，遂将其灌醉迷奸。待此事揭发后，吕安欲告官处之。吕巽找到嵇康，希望他从中调和，让家丑不要外扬。为此，嵇康要求吕巽"以子父交为誓"，保证"永不加害吕安"，这才让此事化解。不承想，吕巽不守承诺，反咬一口，告弟弟吕安不孝，使得吕安被发配边疆。

　　嵇康知道后，自是义愤填膺，气得与吕巽绝了交，并写下了长长的《与吕长悌绝交书》，痛拆吕巽无情无义的行为。

司马昭以反赢得天下，自然不能以"忠"来治天下，只能标榜自己"以孝治天下"。嵇康为吕安鸣冤，分明反对"孝道"，让司马昭不得不忌惮。

嵇康有才，钟会去拜会他，却遭到嵇康无情的奚落。据《晋书·嵇康传》载："康不为之礼，而锻不辍。良久会去，康谓曰：'何所闻而来？何所见而去？'会曰：'闻所闻而来，见所见而去。'会以此憾之。"

史书上说，嵇康"口不臧否人物"，他不似阮籍会翻白眼，也不像吕安对不喜欢的人便随笔写"鳳"，但对钟会这等奸佞小人，还是难以笑脸相迎。

无形中，嵇康又得罪了一个置他于死地的人。

当司马昭取得天下，嵇康为吕安鸣冤，钟会的机会来了。他批评嵇康曰："上不臣天子，下不事王侯；轻时傲世，不为物用；无益于今，有败于俗。"《晋书》上则说："及是，言于文帝曰：'嵇康，卧龙也，不可起。公无忧天下，顾以康为虑耳。'因谮'康欲助毌丘俭，赖山涛不听。昔齐戮华士，鲁诛少正卯，诚以害时乱教，故圣贤去之。康、安等言论放荡，非毁典谟，帝王者所不宜容。宜因衅除之，以淳风俗'。"

钟会那只颠倒黑白的巧舌打动了司马昭的心，让嵇康再也无法逃脱。帝王，最怕的不正是卧龙吗？他唯有将卧龙斩杀，才能保住自己的江山。

嵇康被抓，朝廷草率结案，迅速判了死刑。

听说嵇康被执行死刑，太学三千学生联名上书请愿，要求释放嵇康。

学生此番举动再次刺痛了司马昭的心。司马昭不允许，也不能任这样有号召力的名士存在。

《世说新语·雅量》记载了嵇康的死。他的死，成为历史绝响。"嵇中散临刑东市，神气不变，索琴弹之，奏《广陵散》。曲终，曰：'袁孝尼尝请学此散，吾靳固不与。《广陵散》于今绝矣！'太学生三千上书，请以为师，不许。文王亦寻悔焉。"

嵇康一生活得坦荡潇洒，死于他而言，不过是另一首优美的曲子。他唯一的遗憾，便是《广陵散》将要失传。

太学生三千上书请求学习此曲，未被批准。

《广陵散》是《聂政刺韩傀曲》的别称，记录了一个十分悲惨的故事。此曲慷慨激昂，金戈铁马的杀伐之声不绝于耳。

此曲震天动地，轰轰烈烈。一如他的死亡，即使人头落地，余音也依旧不绝于耳。

临终前，他想到了山涛，对儿子嵇绍曰："巨源在，汝不孤矣。"

他还想到了孙登。他后有《幽愤诗》，写道："昔惭下惠，今愧孙登。"当他明白自己必死时，才想起孙登的劝告。

可是，他并不后悔，唯辜负了他的一片好心。

许多年后，山涛举荐嵇绍做秘书丞。嵇绍问山公，做人该如何进退。山涛说："我替你思索很久，今天告知你答案。天地四季，还有消长变化，更何况人呢？"

山涛一语，嵇绍豁然开朗。此前，他不明白父亲为何与山涛写下"绝交书"，他还能如此宽容地奉养嵇家老小。原来，父亲那封"绝交书"，实乃托孤。

许多年后，钟会也偶然会想起嵇康。想起他曾对嵇康向往已久，渴望得到他的认识。他曾写下《四本论》，很想让嵇康一阅，于是把书揣于怀中，来到嵇康家门前。他深知嵇康不喜欢他，怕他刁难，便站在很远的地方，把书扔进院子，然后撒腿便跑。

钟会一直在想，嵇康到底有没有看过他的书。不管他是否阅读过，嵇康后来的态度都确确实实地证明，他是如此厌恶他。

是他亲手将他心中的"神"，送上了断头台。

魏晋，是个讲究精神、品格、风度的年代。人格的完成，是那个时代的目标。人格，是一把双刃剑，它能成就你，也能毁了你。世人认为，人格成就了嵇康，也毁了他。可对于嵇康而言，活着从未被谁捆绑，死去也从未抛下多少。

人生寿促，天地长久。重归于天，才可与日月同寿。

庄子几次在书中记录死亡，无一不是欢快活泼的，甚至用欢笑、吹乐来庆祝死亡。嵇康一生崇尚老庄，自然深谙逍遥游的道理。

嵇康死后，"竹林七贤"不复存在。其余六贤，无一不怀念嵇康。纵使后人、今人，也不能忘记《广陵散》。人们探索它、编撰它，试图恢复此谱此曲。

新中国成立后，著名古琴家管平湖先生根据《神奇秘谱》所载之曲进行了整理、打谱，使这首早已绝迹的曲子回到人间。

再听《广陵散》，已多了些许平静，那杀红天、满腹报仇雪恨的精神再也不复存在。

《广陵散》绝矣。

11. 我的眼里只有你

悼亡诗　潘安

荏苒冬春谢，寒暑忽流易。

之子归穷泉，重壤永幽隔。

私怀谁克从，淹留亦何益。

僶俛恭朝命，回心反初役。

望庐思其人，入室想所历。

帏屏无仿佛，翰墨有余迹。

流芳未及歇，遗挂犹在壁。

怅恍如或存，回惶忡惊惕。

如彼翰林鸟，双栖一朝只。

如彼游川鱼，比目中路析。

春风缘隙来，晨霤承檐滴。

寝息何时忘，沈忧日盈积。

庶几有时衰，庄缶犹可击。

若问，这世间对男子最高的赞美是什么，一定是"才过宋玉，貌赛潘安"。有才不一定有貌，有貌不一定有才，然而，宋玉和潘安皆是才貌双全的美男子，老天真是不公平。

更不公平的是，潘安不仅才貌聚集一身，他还是一位钟情的人。他一生，只有一位发妻，即使她去世多年，他仍不肯再娶。

更更不公平的是，他还是一位孝子。《二十四孝》里记载了潘安辞官奉母的故事。只是后来宋人郭居敬重新校订《二十四孝》时，因潘安政治性的问题，使母亲七十余岁的高龄未能幸免被杀，将他从孝子的故事中删除了。否则，他不仅才貌贞三全，还会重重地加上一个孝字，成为四全。

才貌兼具，已足够令人嫉妒，而他的钟情与孝，更是令无数人为之动容。然而，就是这样一位完美的男子，在历史上却以悲剧收场。

宦海沉浮，输者比比皆是。在漫长的五千年历史中，檀郎不过是输者中最不起眼的一粟。但是，他也赢了。他赢得了世间万千女子的芳心，赢得了后世诗人的钟爱。他的《悼亡诗》，一直被后人模仿，也许被超越，但他永远是第一人。

潘岳，字安仁，小字檀奴。大名潘安是也。他是古代第一美男子，据《世说新语·容止第十四篇·七则》载，"潘岳妙有姿容，好神情。少时挟弹出洛阳道，妇人遇者，莫不连手共萦之。左太冲绝丑，亦复效岳游遨，于是群妪齐共乱唾之，委顿而返"。潘安年少时挟弹弓外出打猎，因姿容甚好，无数少女少妇为之倾倒，她们忘却礼教矜持，手拉手把潘安团团围住，向他抛掷新鲜水果。潘安每次出行，总能收获不少花果。左思绝丑，效仿潘安坐车游街，不承想少女少妇群吐唾沫，左思只好委屈而归。左思虽丑，也曾写过《三都赋》，著名的"洛阳纸贵"一词，便出自左思。如此有才华之人，竟被众人这般对待，着实委屈得很。

潘安不仅貌美，且文采斐然，他少以才名闻世，乡邑号为神童。他"总角辩惠，文藻清艳"，有"岳藻如江，濯美锦而增绚"的美誉。在文学上，他与陆机并称"潘江陆海"，钟嵘的《诗品》说他："陆才如海，潘才如江。"他一生写过太多诗，却以《悼亡诗》最为著名。他的哀文影响了元稹、纳兰容若等诸多诗人和词人。

与其说世人爱他的悼亡诗，不如说更爱他对妻子的忠贞。美男子难得，美且钟情的男子更是人间少有。

潘安12岁那年，父亲的朋友、大儒，扬州刺史杨肇很赏识潘安，特将女儿许配给他。自他们结为夫妻后，潘安对妻子一往情深。杨门门第清高，男女皆有真才实学，潘安得此良妻，自然珍爱万分。无奈，杨氏早亡，潘安怀念了她一生。

有人劝他再娶，他始终不肯。他对妻子无限怀念，写下了一首又一首《悼亡诗》来纪念她：

《悼亡诗》其一

皎皎窗中月，照我室南端。

清商应秋至，溽暑随节阑。

凛凛凉风升，始觉夏衾单。

岂曰无重纩，谁与同岁寒。

岁寒无与同，朗月何胧胧。

展转眄枕席，长簟竟床空。

床空委清尘，室虚来悲风。

独无李氏灵，仿佛睹尔容。

抚衿长叹息，不觉涕沾胸。

沾胸安能已，悲怀从中起。

寝兴目存形，遗音犹在耳。

上惭东门吴，下愧蒙庄子。

赋诗欲言志，此志难具纪。

命也可奈何，长戚自令鄙。

其二

曜灵运天机，四节代迁逝。

凄凄朝露凝，烈烈夕风厉。

奈何悼淑俪，仪容永潜翳。

念此如昨日，谁知已卒岁。

改服从朝政，哀心寄私制。

茵帱张故房，朔望临尔祭。

尔祭讵几时，朔望忽复尽。

衾裳一毁撤，千载不复引。

曡曡暮月周，戚戚弥相愍。

悲怀感物来，泣涕应情陨。

驾言陟东阜，望坟思纡轸。

徘徊墟墓间，欲去复不忍。

徘徊不忍去，徙倚步踟蹰。

落叶委埏侧，枯荄带坟隅。

孤魂独茕茕，安知灵与无。

投心遵朝命，挥涕强就车。

谁谓帝宫远，路极悲有余。

    时光流逝，四季更替，她已踏上黄泉之路，层层土壤将他们永远隔绝。此时，潘安很纠结，他到底要不要离开此地走马上任呢？他舍不得她，即使她久埋地下，他仍旧徘徊于墟墓间。可是，他留在此地又有何用，她已经不在了。潘安回到家中，望着他们曾经居住的地方，心中有说不出的悲哀与痛苦。罗帐、屏风之间，她的气息犹在，却再也见不到她出出入入的身影。他见到的是那墙上她挥洒过的笔墨遗迹，婉媚依旧，余午未歇。恍惚间，她还在他身边，如同活着一般。直到他看到她墙上的遗像才猛然警觉，她早已离去。他们如彼翰林鸟，又如比目鱼，明明成双成对，如今却只剩他一个人。

又是春风袭人时，屋檐下晨露点点滴滴，令人难以入眠，哀思成片。他想起战国时，宋国人庄周之妻死后，惠施去吊丧，见到庄周两腿伸直岔开，正坐在那里敲盆唱歌。惠施纳闷，爱妻已死，不哭便罢，为何竟唱起歌来，不免有些过分。庄周答，爱妻刚死，他悲伤万分。后想到，人本无生、无形，由无到有，又由有到无，正如四季更替，又何必悲伤呢。潘安无法排解心头的思念之情，只好效仿庄周以此消愁。

除了《悼亡诗三首》外，潘安还写下了《哀永逝文》《悼亡赋》等，不断地怀念亡妻。所以，后来元稹说"潘岳悼亡犹费词"，一点也不假。

潘安要离开了。很多年后再入洛阳，他已不再是当年一身傲骨的少年郎。

他初入仕途，因作《藉田赋》称颂晋武帝，而得到晋武帝的赏识。他才华卓越，却不会掩饰锋芒，遭到太多老臣的嫉妒和排挤，以至滞官不迁长达十年之久。

三十几岁时，潘安才等来了出头之日，他被任命为河阳县令。此官小如芝麻，潘安自负其才，仍认为这不是什么好机会。后又几经宦海沉伏，才升黄门侍郎。

潘安压抑了太久，他太想有所作为。母亲深知潘安貌美又才华横溢，在官场中不过是助兴的客人罢了。母亲劝他不要趋炎附势，否则会惹祸上身。潘安受教，点头称是，但骨子里仍不甘心。

没多久，他攀上新贵，与贾后一族的贾谧成为好友。贾谧权倾朝野，身边聚集了大批青年才俊，号称"二十四友"，潘安即为其一。与贾谧的友情关系，不仅断送了潘安的性命，还令他在历史上有了巨大的污点，连人格也失去了。据《晋书·潘岳传》载："岳性轻躁，趋世利，与石崇等诌事贾谧，每候其出，与崇辄望尘而拜。"意思指，潘安性格浮躁，趋炎附势，与石崇等诌事贾谧。每次贾谧和贾后出门，还未看到他们的车马，潘安和石崇仅看到飞起的尘土便开始下拜。

结交权贵，趋炎附势也就罢了，还偏偏参与贾后陷害太子一事。此事东窗事发后，潘安被灭族。

贾后无子，太子司马遹是宫女谢玖所生。为保势力，贾后诈称皇帝生病，召太子入宫。那晚，贾后命宫婢将太子灌醉，又命

潘安作草书，让已喝得酩酊大醉的太子抄写此书。此书曰："陛下宜自了，不自了，吾当入了之。中宫又宜速自了，不自了，吾当手了之……"（资治通鉴·晋纪五）太子写完，贾后又对此墨宝进行一番处理，将它变成一份谋反的罪证。潘安擅长模仿字迹，对太子字迹处理之人便是潘安。他以假乱真的手书，使得太子司马遹被废。

太子被扳倒后，西晋朝政进入了剧烈的动荡时期。"八王"中的第三位，赵王司马伦发动兵变入宫，贾后一党很快败亡。

潘安攀附贾氏一党，自然难以幸免。而他早年时常鞭挞的孙秀，一时权倾朝野，势力熏天。他记恨潘安，终生不能忘记他对他的苛责。当潘安落入孙秀之手，诛族已成定局。

"以前的事，你还记得吗？"潘安问孙秀。

"我全部藏于心中，一刻也不曾忘记。"孙秀答。

潘安自知，"交情"到此，已是难逃一死。不久，他被"夷三族"，老母亲不能幸免。临刑前，他泣曰："负阿母！"

从此，他的孝，就这样在历史上抹去了。

他犹记得，母亲染病思故里，潘安得知后，想辞官回乡。上官再三挽留，他毫不犹豫地说："我若贪恋人间富贵，不听从母意，那怎算得上是个好儿子？"上官感动，允他回到了家乡。

那时，他听从母意，在仕途上，他又何曾听了母意？潘安的"负阿母"，真是一言难尽。

这半生，潘安虽风光过，可到底走得太累了。自古以来，官场从不需要才华横溢且傲慢自负的士人，只需要运筹帷幄而机关算尽的小人。

他本不属于仕途，当个河阳县县令，或许是他最好的归宿。

他守着她的孤坟，写下几篇悼亡诗，人生已是圆满。

他辜负了母亲，也辜负了自己，但终究没有辜负她。倘若她在，潘安会是如今这般结局吗？

我想不会，杨氏博学多才，自然可以预料到潘安走入仕途的结局，她不会眼睁睁地看着丈夫自挖坟墓。

当潘安也走向黄泉之路，不知她是否在那里等他，然后说一句："累了，就歇歇吧。"

12. 从未忆过谁

如意娘　武则天

看朱成碧思纷纷，憔悴支离为忆君。

不信比来长下泪，开箱验取石榴裙。

在写这个女人之前，有必要先读一段关于她前世的传说。

释迦牟尼佛在世时，有一天他带着弟子外出托钵化缘，路遇一群小孩子在路边玩堆沙。一个小女孩，远远看见佛陀带着弟子走来，便从地上捧起一捧沙，放到了佛陀的钵盂里。

佛陀接受了她的供养。

大弟子舍利弗见状很生气，心想沙子如何能吃，这女孩真是岂有此理。待走了一段路，他实在忍不住了便问佛："世尊，您怎能容许那女孩儿如此胡闹，同意她将沙土放进您的钵盂中？"佛陀听完微笑着说："你们有所不知，千百年后，因缘成熟时，此女将在东方震旦国为王。如我接受她的沙土供养，她便为我宣扬佛法。如我不接受她的供养，来世做帝王时，她将破坏佛法。"

佛陀一语毕，时光已流转至千百年后。此女应缘而生，来继承暂时属于她的万里江山。她为了完成此"缘分"，不仅魔来杀魔，也做到了佛来斩佛。连佛陀都要为了佛法，接受她的"胡作非为"，世间的凡夫俗子，又岂能不顺她心意？

此番传说，终究只是传说，信与不信并不重要。重要的是，当她降世为人，也有诸多不顺，但她能稳坐九五，成为历史上唯一的女帝，其中道理也必有值得玩味的部分。

她是武则天，一个自名为曌的女人。上有日月，下有天地，便是此名的寓意。为了实现"曌"，她成了朕，确切地说，成了一个名副其实的——"寡人"。

武媚娘是后人很喜欢玩味的女人。她的故事，一次又一次被搬上荧幕。然而，因为她是女人，所以她永远绕不开情。不仅如此，纵是汉高祖刘邦的故事，也有他遇见吕雉的艳事，可见情这件事，不仅不放过女人，也不放过男人。

对于狠角色，人们更愿意相信，他们动过情。在他们坚如铁壁的内心深处，一定有一块柔软之处，用于安放曾经爱慕的人。青春年少，谁都天真过，但身在帝王家的人们，现实会告诉他，动情，便意味着输了。如同李治，当他对武媚娘动了情时，也意味着李氏子孙将要惨遭毒手。

还是李世民看得长远。当年他仅以一匹难以驯服的良驹，便看出了武媚娘的野心与狠心。

那日，太宗得到一匹叫狮子骢的马，性烈难驯，无人可以调驭。武媚娘侍奉在侧，遂自荐愿为太宗出谋划策。她说："妾能制之，然须三物，一铁鞭，二铁楇，三匕首。铁鞭击之不服，则以楇楇其首，又不服，则以匕首断其喉。"

众人闻言，惊出一身冷汗。纵使铁血男子，也不至于这般狠心。在众人看来，此女子只是无情，可在太宗看来，她实在太可怕了。

当年，李世民并非储君，他为了登上帝位，逼父退位，弑兄杀弟，其斩草除根的手段，与武媚娘不服者杀之的态度竟如此相像。江山的诱惑太大了，多少人为了登帝，掀起了一场又一场腥风血雨。又有多少女人，为了家族荣耀，为了在后宫活下去，暗中做下一桩又一桩龌龊事。

这位选秀入宫闱的武才人，让太宗有了警惕之心。他渐渐地疏远了她，武媚娘从此失去了宠爱。

武媚娘出身良好，父亲是大唐开国功臣，家境殷实，母亲杨氏是隋朝宰相杨达的女儿。即使如此，她在后宫中仍是无足轻重的。有权有势，出身比她更高贵的女人数不胜数，她区区一个武才人，又算得了什么？

孤独寂寞的夜晚，武媚娘想起母亲临别时的哭哭啼啼，她这才明白，母亲的痛哭不无道理。后宫三千春色，她想在这里好好地活下去，难如登天。她同母亲告别的话仿佛还在耳边："侍奉圣明天子，岂知非福，为何要哭哭啼啼，作儿女之态？"

如今，她的寂寞，她的难过，又岂非不是儿女之态？不，悲戚之态不是她，她不甘心，她不相信自己找不到生路。

皇宫内院，男子众多，可真能让武媚娘看到希望的却寥寥无几。太宗垂垂老矣，就算他依旧宠爱她，又能保得了她几时？她若想在宫中长久地生存下去，只能依靠未来的君王。李治是她的目标，她为了得到太子李治的喜欢，开始寻找机会，制造一出又一出的偶遇。

当太宗一病不起，武媚娘和李治双双去看太宗，他们便在侍奉医药时开始暗度陈仓，眉来眼去。无疑，武媚娘是媚的，是美的。只是，后宫佳丽无数，若仅靠美貌，李治能宠爱她多久？

她在太宗这儿吃过亏，在李治那儿，她必须编织一张爱情的网，让他陷落，且不能自拔。

这张网结得还不够密实时，太宗驾崩了。太宗李世民去世前留有遗诏，命武才人出家于感业寺。于是，武媚娘同其他没有子嗣的嫔妃一起远离尘世，落发为尼。修佛之人，自有一颗断离红尘之心，而武媚娘此时仅24岁，凡心未了，欲心未断，她自是不甘心一辈子晨钟暮鼓，面壁修佛。

她在寻找机会，一个能让她翻身的机会。

寂寞，太寂寞。她的野心，她的急迫，在日复一日枯寂的修佛中，压得将要喷薄而出。她不甘心，却也在等待，在充实自己。她开始认真读佛经，学习帝王之术。当她读到《大云经》，得知净光天女以女身入世，当得天子时，女帝的野心慢慢地植入了她的心中。

不是她野心太大，而是她已懂得，男人不是她能依附的对象。

她必须靠自己。

她开始深入佛经，决心彻底参透《大云经》，并悟出其中天机。从那时起，她爱上了佛法，不但虔信佛法，而且一直深钻其理。所以，才有了后来《华严经》的开经偈：

> 无上甚深微妙法，百千万劫难遭遇。
> 我今见闻得受持，愿解如来真实义。

此偈流传了千百年，如今翻开《华严经》，依旧是武媚娘的手笔。此偈被后世诸多高僧大德读诵后，想再作一首比它更好的开经偈，无奈都以失败告终，谁也不能写得比她更好。

冥冥之中，佛陀的话应验了。在外人看来，感业寺这几年是她人生中的低谷，但对于武媚娘来说，是她获得智慧最多的几年。倘若没有这几年的苦心修学、韬光养晦，她以后也不会成为善于攻心、深谙政治斗争的女子。

一切早已注定，欠缺的只是时间。

武媚娘性情大变，开始着手设计自己的帝王之路。这次，她决定再次利用李治，好让她回到深宫内院。要想唤回李治的心，就必须让他看到，她对他的情有多深。于是，武媚娘摊开宣纸，提笔写下了这首《如意娘》（武则天原名如意）：

> 看朱成碧思纷纷，憔悴支离为忆君。
> 不信比来长下泪，开箱验取石榴裙。

她心绪纷乱，精神恍惚，看朱成碧。她的憔悴，她的纷乱，并非因为在感业寺太过寂寞，而是她在思念他。她怕他不信，特意对他说，如果你不信我对你的情，就请打开箱子看一看我的石榴红裙吧，那上面可是洒满了我斑驳的泪迹。

这首《如意娘》，三传两递，便送到了李治手中。她的情真意切，她的忧愁与相思，勾起了李治对武媚娘的怀念。那时，他几乎陷落于她的温柔乡。这次，她令他刮目相看，她不仅有着娇媚的美貌，还有着无人能及的才华。后来，此诗被李白读过，读完不仅怅然若失，认为他不如武则天。

永徽元年（650）五月，李治去感业寺，为太宗周年祭日进香，两人相认并互诉离别后的相思之情。王皇后将这一切全部看在眼里，便顺水推舟请求高宗将武媚娘纳入宫中，企图以此打击她的对手萧淑妃。

李治听完，当即应允。次年五月，李治孝服期满，武媚娘也随即入宫。入宫前，她已怀孕，入宫后不久，生下儿子李弘。又过了一年，被封为二品昭仪。

从此，武媚娘为了自己的野心，过五关，斩六将，无论是谁，都可以毫不在意地成为她政治理想上的牺牲品，包括她的长女和长子李弘。

靠长女的死，她铲除了王皇后，成功地坐上了皇后的位置。靠长子李弘的死，她包揽大权，完成了自己雄霸天下的第一步。

在她明争暗斗的过程中，她身后的男人李治不是不知。但他不仅没责怪她，在他临终之际，甚至留下遗诏：太子李显于枢前即位，军国大事有不能裁决者，由天后决定。

是李治的成全，让武媚娘成为"一代女皇"。不得不说，他是爱她的。他自始至终，都不能忘记那句"不信比来常下泪，开箱验取石榴裙"。为了还她的情，他愿意拱手让出江山。或者说，他足够信任她，相信她能保住李氏江山。

很多人，更愿意相信武媚娘是爱过李治的。否则，她不会将《如意娘》写得如此情真意切，动人心肠。可是，不能否认的是，所有的爱情都是细心经营之后的结果。她也许爱过，但她对他的爱，一直小心翼翼。在未达到目的之前，她必须使出浑身解数，确保她在他心中是独特的存在。

当李治离去后，她开始大举杀伐，在血与泪中，建立了大周。她踏着儿子、女儿、孙子、孙女等数具尸体，一步步走向了最高的位置。

武则天头顶冕冠，身披龙袍，微笑着走向龙椅。一转身，满朝文武百官已叩首在地，高呼万岁。

这才是她最想要的，她终于做到了！

她不仅要万里江山，还要如同男帝般，坐拥三千后宫。她振振有词地说，朕乃帝王，男儿可有后宫三千，朕亦可有！

她越来越寂寞，寂寞到必须更换新男宠。那些男儿，低眉垂首，唯命是从，纵使使些性子，在她眼中也透明得像一张白纸。

她不相信他们的甜言蜜语，风流倜傥。她太清楚，那一张张和善、乖巧、帅气的面具下，是一颗又一颗被欲望撑得肿胀的心。

她太孤独了，孤独到终于懂得，为何古时帝王，自称"寡人"。可不，至高处的人，再也不能与谁交心，真的是孤寡之人。

这时，她才想起李治的可贵。身在帝王家，她甚至不信任自己的子女。自古弑父杀兄者无数，她不能确保儿子对她不起杀心。

但李治不同，在他那里，她总能得到一丝喘气的机会。

武则天的晚年，众人皆知她将王位退还于李氏。但历史是不能改写的，她一病不起后，宰相张柬之、崔玄暐与大臣敬晖、桓彦范、袁恕己等，结交禁军统领李多祚，谎称张易之、张昌宗兄弟谋反，伺机发动兵变，要求武则天退位，她这才禅让帝位于太子李显。

不久，武则天病逝于上阳宫，享年82岁。

她去世后，与李治合葬于乾陵，留下一块无字碑，任由后人按己意"撰写"。

李显继位，是为唐中宗，尊她为"则天大圣皇帝"。唐朝复辟，百官、旗帜、文字等恢复旧制。

武周一朝，终于落下了帷幕。

如佛所言，武则天一生宣扬佛法，广集人才，翻译新经，这是她的功德。不知这些功德，能否弥补她曾经犯下的过错。

这一世，她走得太嚣张、太强悍，使整个李唐的江山，在风雨中摇曳多年。她的心，也早已在腥风血雨、尔虞我诈中，将那块柔软之处，炼化得越来越小，小到她再也看不到。

还是不如上一世好。至少，她将一捧沙放至佛陀钵盂中，供养伟大的佛。那是她的慈悲心，尽管仍带着不容他人质疑的强势，但她至少，是那样活泼娇俏，也是那样的温婉动人。

这似乎，才更像一个女子吧！

13. 山川异域，风月同天

唐大和上东征传·偈子　长屋王子

山川异域，风月同天。

寄诸佛子，共结来缘。

《GQ》杂志做过一期关于唐朝的专辑，叫作"在日本寻找唐朝"。

唐朝，长安，仅四个字，便足以将人拉回昔日气势恢宏、壮丽辉煌、灿如星辰的大唐盛况。

彼时的长安，商业勃兴，店铺林立，百货云集。富商巨贾、游子士人、贩夫胡商等，游走于大唐的街头。自古以来，没有哪个王朝如唐朝般多姿多彩，富丽壮阔，蓬勃朝气。

当年的长安，傲立于世，无可超越颠覆，是诸多国家想与之互通互惠的城池。

今日，再看长安，总有一种世事变迁之感。那古老的气质与巍峨感，总觉得随着时光的流逝被带走了。

当人们开始寻找记忆里的长安，突然发现，京都和奈良还保持着长安旧时的模样。虽然它的规模极小，但那两座城池，总归还原了国人那份难得的大唐记忆。

在唐朝，有两位最为著名的和尚，一位是玄奘，一位是鉴真。

玄奘法师西方取经，经历了无数磨难，最后将佛经带回大唐。另一位鉴真法师却与之相反，他是立志弘扬佛法，将律宗带出国门，成为日本律宗的开山祖师。

一合一开，一迎一送。佛法对中国文化影响有多深，鉴真便对日本的影响有多深。

这是一颗种子。只要带过去，或带回来，便如同宫城、皇城般深深地扎了下来，纵使已过千年，它仍屹立不倒，深植于人们的心中。

玄奘法师去印度取佛经的故事，已是众人皆知。然而，鉴真为了弘扬佛法，六次东渡的故事却有太多人并未听闻。实际上，他的大义，他对佛法做出的努力和贡献，并不输于玄奘法师。

当"山川异域，风月同天"被广为熟知时，他的故事也被翻了出来。

鉴真（688—763），唐朝僧人。他少年出家，立志弘扬佛法，拜律宗南山宗祖师为师。鉴真虽习律宗，却没有门户之见，更没有世间法与出世间法之见。他除了修习佛法外，在庙堂建筑、雕塑绘画、行医采药、书法镂刻等方面也颇有造诣。

此时的大唐，国力强盛，与各国间皆有往来并争相学习。而佛法，更是得到了邻国的认可，并将之带回了自己的国家。

一时间，佛法在日本生根发芽。日本受中国唐朝制度影响，开始模仿唐朝推行租庸调制。该制度，是以征收谷物、布匹或为政府服役为主。但凡均田人户，无论其家授田多少，均按人丁缴纳固定的赋税并服一定的徭役。武周后人口增加，土地不断被兼并，已无太多土地实行均田制，男丁所得土地不足，却要缴纳赋税，这使得农民四处逃亡。

当日本实行了租庸制度，百姓为了躲避沉重的赋税和逃避兵役，只好选择出家。因为出家后便无须缴纳赋税。一时间，日本和尚遍地，佛教的声誉大受影响，政府损失惨重。

为了恢复佛教文化，并使百姓安居乐业，日本元兴寺隆尊和尚提出了聘请唐朝和尚传戒的建议。此番建议，得到了舍人亲王的支持。于是，隆尊和尚便派遣荣睿、普照两位和尚来到中国，并寻找具有一定能力和威望的高僧。

中国僧人道璇曾应召前往日本传授律宗，但无法令日本和尚满意，故荣睿、普照只好继续寻找合适的高僧。据《唐大和上东征传》所载，唐天宝元年（724），鉴真在扬州大明寺上堂讲法，传授戒律。荣睿、普照慕名前来，期望鉴真和尚能去日本传授戒律之法，并说："传法东流至日本国，虽有其法，而无传法人。本国昔有圣德太子曰：'二百年后，圣教兴于日本。'今钟此运，愿大和尚东游兴化。"

鉴真听完，曰："昔闻南岳惠思禅师迁化后，托生倭国王子，兴隆佛法，济度聚生。又闻，日本国长屋王崇敬佛法，造千袈裟，来施此国大德众僧，其袈裟缘上绣着四句曰：'山川异域，风月同天。寄诸佛子，共结来缘。'以此思量，诚是佛法兴隆，有缘之国也。今我同法来中，谁有应此远请，向日本国传法者乎？"

此时，鉴真和尚已有54岁高龄，但见日本佛法须人救助，便毫不犹豫地答应了。

如果说玄奘法师西天取经要经历九九八十一难，那鉴真和尚东渡日本则要有舍我的精神，才能得以满愿。

弟子祥彦听完，担心地说："彼国太远，性命难存，沧海淼漫，百无一至。"

师父，还是不要去了吧，生命要紧。

生死面前，最能见人心，也最能考验道心。

佛曰"众生平等"，要以慈悲心度之。那么，身为佛的弟子，又何以只度国人，而不度一心求法的人？山川异域，国虽不同，可清风明月，两国人民是同顶一片蓝天啊！

鉴真和尚没有丝毫的退意，曰："是为法事也，何惜身命？诸人不去，我即去耳。"

既然立志为弘法而生，那么也便为弘法而死吧。哪怕只有他一人前去，他仍要满足异域佛弟子的心愿。

不仅历代高僧发愿后会遇到违缘，纵使后世诸多高僧大德发愿后，仍要吃尽苦头，经历万千艰辛，最终才能成就一桩极大的事。

好像老天有意考验，偏要看看你的心，是否至诚。实际上，祥彦的话并不夸张，因为穿越东海的船只常有被风涛吞没的危险发生。道福、义向、圆载等和尚，先后都在遣唐和归途中被风涛吹翻船只，其危险程度可想而知。不仅如此，据当时唐朝律法，一个人要想出境，若没有得到政府允许，是要受到惩治的。

然而，鉴真和尚顾不得这么多了，他必须去，也一定要去。

最终，他的决心感动了祥彦、思托等21位弟子。他们也愿意舍身忘我，为了异域的佛子们付出性命。

自天宝二年至二十年（743—753），十年间，鉴真和尚六次东渡，终于抵达了日本。第一次东渡他们遭到官府的拒绝，被没收了海船；第二次东渡，遇到大风，只好坐船返回；第三次东渡，再遇大风，海船触礁后在荒岛上生活了三天三夜，后被救至明州阿育王寺处安歇；第四次东渡，当地僧众怕鉴真和尚东渡再遇危险，便对他严加看护，使得官府对他的行踪了如指掌。当他从阿育王寺出发后，却被官府送回了扬州；第五次东渡，鉴真和尚一干人等再遇大风，船只只能随风漂泊。淡水用完后，人们晕船，食物难以下咽，每个人都遭受了巨大的身体折磨。他们在海上漂泊了十四天，直到船只靠岸，才被人救下。这时，荣睿已年迈，加上这些年四处奔波积劳病重，临终时仍念念不忘日本的佛子，他一再要求鉴真必须东渡日本，好完成他的心愿。那时，荣睿已死，普照北上，祥彦也已去世，而鉴真已年迈，再东渡日本对他来讲更是极大的考验。必须一提的是，鉴真和尚在第五次东渡中，因水土不服加之旅途劳顿，又被庸医所误，致使他双目失明了。即使如此，他仍不忘初心，坚持第六次东渡。第六次东渡，日本政府委派大使前来接鉴真和尚，但唐玄宗拒绝鉴真和尚东渡。当鉴真和尚得知唐玄宗的想法后，依旧决定出国。只是这一次东渡更为艰难，鉴真和尚不仅要躲过官府的注意与检查，还要继续承受大风折磨。

不过，皇天不负苦心人，鉴真和尚这次终于登上了日本大地，完成了自己的使命。

这次的成功，鉴真和尚不仅为日本带去了佛法，还带去了大量医书、香料、雕塑，以及有关建筑、书法、绘画等方面的书籍。

六次东渡中，他们一干人等，先后有36人死去，200余人失去信心，退出东渡。而此时的鉴真，不仅垂垂老矣，更是双目失明。

他再不能看佛经，只能通过听别人念诵的方式帮助日本僧人翻译佛经。

为了校正日本医药典籍，鉴真和尚眼不能辨，便通过品尝的方式来判断草药。为了众生，可谓拼尽了最后的一丝气力。

鉴真和尚在中国留下的文献资料并不多，但在日本的资料中，鉴真和尚及其他大唐高僧的资料被保存了下来。这些资料和京都、奈良的建筑，都给我们留下了一笔宝贵的历史财富。

大唐，盛世的大唐，岂止国富民安，高僧大德们也是胸襟广阔，气度不凡。

晚唐诗人韦庄，也送别过日本的高僧，其诗与"山川异域，风月同天"有异曲同工之妙。韦庄其诗《送日本国僧敬龙归》曰：

> 扶桑已在渺茫中，家在扶桑东更东。
>
> 此去与师谁共到，一船明月一帆风。

风顺月朗，安全抵达，便是我对你最好的祝愿。同时也愿，清风吹过，月下坐禅时，你能想起我。虽然我们身处异域，但我牵挂着远方的你。

风月同天。你看到我了吗？

763年，鉴真和尚结跏趺坐，在唐招提寺圆寂，终年76岁。

死后三日，鉴真和尚体温犹存，时人疑他是肉身菩萨。因鉴真和尚为日本做出的贡献，以及他为中日友好带来的和平，便尊他为"天平之甍"。

鉴真和尚是文化的屋脊，是和平的使者，也是心怀天下苍生的佛子。

他像一只孤独的青鸟，独自在天空中翱翔。他飞过千山，越过万水，参透人世之苦后，仍然愿意落入红尘，与人心、世道，打一场仗。

他不为赢，而为改变人心。他期望人们也能在抬头看天时，顾念苍生。正所谓众生平等，又何必有地域之分、人与动物之分？

毕竟，枪声之下，没有赢家。

14. 云想衣裳我想你

清平调·其一 李白

云想衣裳花想容，春风拂槛露华浓。

若非群玉山头见，会向瑶台月下逢。

她的出场，如同盛世的大唐，轰轰烈烈，大气磅礴，壮丽华美。

而他，还沉浸在昨夜的旧梦中哀伤着，是她的《霓裳羽衣曲》，惊醒了他犹酣的长梦。轻歌曼舞，管弦合鸣，一曲舞毕，她仿佛已是天宫的仙人。

他与她并非初见，但此次相遇，他内心的罂粟花大片地盛开了。是的，他中了她的毒。即使她是儿子李瑁的爱妃，即使她是道号"太真"的道人，他都不管了。

他要她！

有人说，唐玄宗爱上杨玉环，是因为武惠妃离他而去，她填充了他的空虚寂寞。这话唐玄宗若是听到了，一定会在盛怒之下将此人斩立决。

他是真的爱她，愿为她倾尽所有奇珍异宝，包括倾尽他所有的情。

后来，他召见杨贵妃时，令乐工再次奏响《霓裳羽衣曲》，并将金钗亲自插在杨玉环的鬓发上，随即对后宫人说："朕得杨贵妃，如得至宝也。"

她成了他的爱妃，成了享有皇后同等殊荣的皇贵妃。

从此，"云鬓花颜金步摇，芙蓉帐暖度春宵。春宵苦短日高起，从此君王不早朝"。

身为帝王，从不会缺美人。杨玉环能赢得李隆基的钟爱，不仅因她舞得好，实在因为她生得美。白居易说她："天生丽质难自弃，一朝选在君王侧。回眸一笑百媚生，六宫粉黛无颜色。"纵使后宫三千粉黛，在她回眸一笑间，便已失了颜色。

她的美，震慑心魄，只此一眼，此生便再不能忘记。

李白也见过杨玉环的倾城容貌。

一次，李隆基与杨玉环在沉香亭赏牡丹，品美酒，突然他来了兴致，特邀李白为其撰写新歌词助兴。

李白借着酒力，呼高力士为他脱靴，又命贵妃为他研墨。酒至兴处，李白大笔一挥，写就新诗三篇：

清平调·其一

一枝红艳露凝香，云雨巫山枉断肠。

借问汉宫谁得似？可怜飞燕倚新妆。

其二

名花倾国两相欢，长得君王带笑看。

解释春风无限恨，沉香亭北倚阑干。

此三首诗，句句浓艳，字字流葩。花与人，人与花，浑然交融，既绘出了花，又描摹出了人。历史上著名的巫山女神，汉宫中的赵飞燕，纵然美若天仙，也要日日梳妆，与天生丽质的杨贵妃自是差了几分姿色。李白用对比的手法，将杨贵妃的美又提升了一筹。

名花牡丹，倾国美人，风流帝王，他带笑看她，她倚阑干，静赏牡丹，望向远处。此境已经是一幅绝美画卷，无声胜有声，无须言爱，情已尽收眼底。

"缓歌慢舞凝丝竹，尽日君王看不足。"

他不能移目，恨不得分分秒秒与她在一起。

沉香亭内，李白喝酒，乐师李龟年轻声咏唱《清平乐》，梨园弟子为其伴奏，此情此境，已胜《霓裳羽衣曲》中的仙人境界。

杨玉环在李隆基的爱情里，感受到了前所未有的幸福。她忍不住唤他三郎。他是她的夫，她是他的妻。

他们眼中再无他人，他们只想做一对平凡至情的夫妻。

"承欢侍宴无闲暇，春从春游夜专夜。后宫佳丽三千人，三千宠爱在一身。"

李隆基为了表达对杨玉环的爱，送她珠宝玉器、供帐、廪饩等办具百余车。他仍觉不够，所以才有了后来的"长安回望绣成堆，山顶千门次第开。一骑红尘妃子笑，无人知是荔枝来"。

为了她的笑，为了她喜欢的荔枝，不知要跑死多少马，多少士兵。但他顾不得那么多了，他是帝王，他不能让她失望。

他也偶尔夜宿其他妃子处。他对她们并无爱情，她们不过是主食之余的甜品，图个新鲜有趣。说好的是夫妻，说好的一生只钟情她一人，她便不能接受他的"出轨"。她大闹，他一气之下将她送回了娘家。

她出宫后，他饮食不进，高力士只好把杨玉环召回宫中。

他再也不能离开她了。她这才真正感受到，他是爱她的。那心底至深处，全是她。他无法表达对她的喜欢，只好将杨氏一族，册封的册封，赏赐的赏赐，仅杨玉环姊妹的脂粉费，每人每月已高达10万钱。

他对杨氏的宠爱，已到了令人敢怒不敢言的地步。他是帝王，臣民能奈他何？

朝廷上，杨氏一族飞扬跋扈；后宫内，杨玉环把持着李隆基。他们将李隆基攥得死死的，尽管这并非杨玉环的本意，但在臣民看来，这个女人已是红颜祸水。

君王被爱情迷了双眼。此时，正是下手好时机。"天宝中，范阳节度使安禄山大立边功，上深宠之。禄山来朝，帝令贵妃姊妹与禄山结为兄弟。禄山母事贵妃，每宴赐，锡赉稠沓。"

当李隆基以为大唐繁荣昌盛、国泰民安时，安禄山以反杨国忠为名发起叛乱。此番叛乱，众人将矛头指向杨玉环，"母事贵妃"，何以贵妃不是暗中牵线之人？不仅如此，君王为了杨贵妃"不早朝"，更是罪加一等。

次年，李隆基带着杨贵妃与杨国忠逃往蜀中，途经马嵬驿时，随驾禁军军士陈玄礼等人，一致要求处死杨国忠与杨贵妃。

杨国忠乱朝当诛，然贵妃何罪之有？李隆基为了心爱的女人，多次辩解、力保，无奈禁军士兵皆认为杨贵妃红颜祸国。安史之乱乃由贵妃而起，不诛如何安慰军心，鼓振士气，保家卫国？

"六军不发无奈何，婉转蛾眉马前死。花钿委地无人收，翠翘金雀玉搔头。君王掩面救不得，回看血泪相和流。"

手无缚鸡之力的帝王，斗不过禁军士兵。李隆基在高力士的劝说下，不得已将一条白绫送到了杨贵妃面前。

贵妃难以相信，拼了命挣扎、哭闹，以为能唤回帝王的不忍之心。她的头饰掉了，玉镯碎了，衣服破了，还是没能等来新的旨意。

"七月七日长生殿，夜半无人私语时。在天愿作比翼鸟，在地愿为连理枝。天长地久有时尽，此恨绵绵无绝期。"

当她将头伸向那空洞的白绫中时，她想起了那年七月七日，他们在长生殿中，共同发过的誓言。

誓言还犹在耳旁，她却要独自一人先去了。是他背叛了誓言，留她一人独自走向黄泉。她如同那白绫的空洞，心也跟着空了。

天地长久，也总有尽头，但她这生死遗恨，怕是永远没有尽期了。

她恨的不是他赐她死罪，而是在生死和江山面前，那爱竟如此不堪一击。死并不可怕，可怕的是，她一直以为的爱，原来是骗人的。

稳若泰山的向来不是爱情，而是这大好河山。

杨玉环走了，李隆基的心也跟着空了。他知道她恨他，可是她至死都该明白，他不仅是她的三郎，还是这个国家的帝王。

他自始至终就不可能只属于她一人。他一生都将要被帝王的身份绑架。

在众人看来，帝王可以为所欲为、无所不能。但谁又能懂得帝王的无奈，他们也有着太多的不可为。

死去的人，一死百了。活着的人，却日日夜夜都要活在凄然中。李隆基无时无刻不在思念杨玉环，他期望她来他的梦中看一眼，让他不至于忘记她的容颜。

芙蓉花开似玉环，柳叶微弯似她的眉，还有那春风吹开的桃花……

玉环，你回来吧！

为了招她魂魄，他请道士多次作法。他深信，只要他坚持呼唤她，一定能唤回她早已冰冷的心。

可是他又怎会知道，她死前，她的拼死呼唤，又唤回了什么？

世人谴责杨贵妃红颜祸国，谴责李隆基昏聩无用，为了女人荒废朝政，可是爱情在动心的那一刻，就已经注定，我的眼里只有你了。

即使贵为帝王，也终究是人。

沉香亭的牡丹开了，却再没了当日的佳人。

杨贵妃香消玉殒，李白不知去向，大唐也失去了往日的盛况。

"云想衣裳花想容，春风拂槛露华浓。"李隆基轻声诵念着李白当日的诗。

突然，他泪如雨下，云想衣裳花想容。可是玉环，我想你！

15. 君情与妾意，各自奔东西

妾薄命　李白

汉帝重阿娇，贮之黄金屋。

咳唾落九天，随风生珠玉。

宠极爱还歇，妒深情却疏。

长门一步地，不肯暂回车。

雨落不上天，水覆难再收。

君情与妾意，各自东西流。

昔日芙蓉花，今成断根草。

以色事他人，能得几时好？

历史上的美人首次亮相，一定少不了艳惊全场、艳压群芳的场面。纵使相貌平平的才女，也必会靠着诗才强调出她的过人之处。

然而，陈阿娇的出场是特殊的。她出身高贵，是西汉开国功臣堂邑侯陈婴之裔，堂邑侯陈午与大长公主刘嫖的女儿。

万人之上的陈阿娇，一出场并未震惊四座，倒是替刘彻做了嫁衣。若是没有她做绿叶，刘彻的童言也定不了他的万里江山。

西汉景帝前四年，长子刘荣被立为太子。长公主刘嫖想将女儿陈阿娇许配于太子为妃，不承想，刘荣之母栗姬善妒，而后宫中被天子宠幸的美人们，皆因长公主之故胜过于她，她的怨气早已深藏内心许久。如今，儿子刘荣被立为太子，正是她出气的时机，她拒绝了刘嫖结亲的请求。

于是，刘嫖将目光锁定在了另一位皇子身上。

一次内廷家宴，酒足饭饱之后，刘嫖抱起四岁的刘彻，问道："你以后要娶妻吗？"

刘彻稚声童气地说："要啊！"

刘嫖指着周围漂亮的侍女问他，要不要娶她们其中的一个，刘彻摇头。她再问："那我把阿娇给你做妻子好不好？"

刘彻听完，立即答应了，并说："如果我能娶阿娇为妻，我要盖一所金屋子给她住。"

一句童言，众人大悦。刘彻成功地出了风头，同时，大汉的江山也正悄悄地转移着。

栗姬、刘荣母子，少了刘嫖这个强大的臂膀，被废是迟早的事。

在王娡和刘嫖两个人的精心策划下，栗姬频频出错，终于失去理智，撕掉了那张伪善的面具。一件、两件、三件……无数条罪责，都指向栗姬母凭子贵，试图登上皇后之位。

汉景帝大怒，一气之下，废除了刘荣的太子之位，栗姬也郁郁而亡。

刘彻7岁那年，被立为太子，陈阿娇成了他的太子妃。

"汉帝重阿娇，贮之黄金屋。"

16岁，刘彻登上帝位，并按照幼时的承诺，为她铸造了金屋。这是他对她的爱，也是对她家族最好的报答。

"咳唾落九天，随风生珠玉。"

陈阿娇身份尊贵，咳口唾沫，他也会当作珠玉般珍贵。刘彻离不开她，那时，她是他唯一的皇后，是他稳固江山不可缺少的臂膀。

她刁蛮任性，他忍；她骄横无理，他觉得可爱；她霸道善妒，他也当作率性纯真。

刘彻自幼有主意，不然那日也不会稚言定江山。当他继位后，他的主意越来越大，屡次惹怒窦太后，是陈阿娇从中说情撒娇，才令这大汉天子稳坐江山54年。

汉武帝18岁那年去霸上祭祀先祖，回宫时去平阳侯府歇脚，在府中遇见了上堂献唱的歌女卫子夫。

他一眼看中了她，并在尚衣的轩车内临幸了卫子夫。

一场邂逅，不算什么，汉武帝并未将卫子夫放在心上。自她进宫一年多以来，他甚至忘记了这个女人。那时，他的眼里只有江山，只有陈阿娇。

一年后，卫子夫偶遇汉武帝，她哭着请求他放她出宫，还她自由。寂寞的人，在任何人眼里，都是值得同情的。更何况，她的寂寞，是他给的。

当初，他若没有招惹卫子夫，她就不会落得这般境遇。他生了怜爱之心，再一次临幸于她。

卫子夫怀孕，让陈阿娇彻底变了。

他怎么能有其他女人？

阿娇善妒，但她是刘嫖的女儿，她所有因嫉妒想得到的东西，转手便可以得到。这次，她的妒忌之心再次升起，她以为，只要她闹几场，哭几场，他便会如同往常，听她，由她。

没有卫子夫的温柔，汉武帝对比不出陈阿娇的娇蛮无理；没有卫子夫的忍让，他不会发现她的嫉妒之心已深入骨髓。

她的哭，她的闹，她的寻死觅活，再不同往昔般可爱，竟有点儿面目可憎。

"宠极爱还歇，妒深情却疏。"

他曾将她捧在手心，娇宠至极点，如今，他累了。她越是哭闹，他越觉得卫子夫的温顺好。

为什么，为什么？同样是女子，陈阿娇竟不能为刘彻生个一儿半女？

帝王岂能无子？帝王之子，岂能庶出？

为了女儿，刘嫖出手了。她派人抓捕卫子夫的弟弟卫青，欲杀卫青恐吓卫子夫，命她不再承恩雨露。种种巧合，卫青被公孙敖救下，才避免了祸事的发生。汉武帝得知此事后，立即封卫青为建章监，并加侍中。卫子夫也因此封为夫人。

汉武帝已羽翼丰满，刘嫖再不是他的臂膀，他无须顾及。当窦太后去世，他独掌大权，陈阿娇也成了陈旧的记忆，是他不能开启的一段过往。那里面，记录着他曾经的卑微与不堪。她越是提及从前，提及她的家族如何助他走向帝位，他越是不愿意面对她。

她身为皇后，却再难见到他的身影。

陈阿娇太想要一个孩子了。假如有个孩子，他也许会回心转意，看在孩子的分儿上，说不定也会多看她几眼。

为了求子，她花费九千万钱，仍不能治愈不孕之疾。于是，她开始使用媚道之术邀宠，此事被刘彻察觉后，盛怒之下，将此案交给了御史大夫张欧。

经追查，陈阿娇涉及巫蛊邪术。此事太过重大，他念在旧情没有将她问斩，而是废除了她的皇后之位。

他的策书是这样写的："皇后失序，惑于巫祝，不可以承天命。其上玺绶，罢退居长门宫。"

11年的皇后之位，一道策书，一切化为乌有。

"长门一步地，不肯暂回车。雨落不上天，水覆难再收。君情与妾意，各自东西流。"

他与她的宫殿仅一步之遥，他仍是不肯做短暂停留，看望她一眼。雨落之后，不会再飞向天空，覆水又岂能收得回，武帝与阿娇的情意，也再无可能了。

一个君王，做不到只爱她一人，刘嫖为她铺了太久的路，却忘记告诉她，帝王可以给她想要的一切荣耀，唯独不能给她爱。

汉武帝不需要一个比他还霸道的女人，更不需要一个横冲直撞、飞扬跋扈的皇后。自古以来，帝王心中最完美的皇后，是卫子夫所呈现的样子。

温柔、贤惠、有才、宽容、母仪天下……

陈阿娇太坚守过去。用过去的承诺，过去她对他的帮衬、他的金屋来提醒他，他是需要她的。

她忘记了，过去的终究已过去，人要活在当下。

陈阿娇放不下刘彻，却也只能在长门宫里靠回忆过活。

后来，她请司马相如作《长门赋》，以此来凭吊自己的爱情，试图用过去唤回他的心。他唤不回来了。君情与妾意，早已各自奔东西。

陈阿娇给他的路，再不是他想去的方向。

"昔日芙蓉花，今成断根草。以色事他人，能得几时好？"

往日娇美的芙蓉花，今日已成为凄凉的断根之草。这正如同天下女子，试图凭借美貌赢得男子的心，又能得到多少爱呢？

换句话说，试图靠家庭背景绑定男子的一生，也必然得不到长久的爱。因为，他一旦羽翼丰满，第一件要做的事便是洗刷曾经的"耻辱"。

寒日独守空房的夜晚，陈阿娇想起了还是稚童时刘彻说过的话："如果我能娶阿娇为妻，我要盖一所金屋子给她住。"

他遵守了承诺，确实给了她一座金屋子，此屋叫长门宫，不对，她更想叫长门怨。

你看，一切在最初就已经命中注定了。

只是，那时她还不懂。

16. 是相思，成全了红豆

相　思　王维

红豆生南国，春来发几枝。

愿君多采撷，此物最相思。

红豆成为相思豆，源于一个传说。

相传，汉代闽越国，有位男子被强行出征，妻子终日盼夫归家。边疆战事结束后，同去者已归，唯其丈夫未返回家中。女子思夫心切，终日立于村前道口树下，朝盼暮望，痛哭流涕。没多久，她因相思成疾，泣血而亡。她的血滴在树旁，树上忽然结出荚果，其籽半红半黑，晶莹鲜艳。人们认为此物为女子血泪凝成，便称它为"红豆"，又叫"相思子"。

这个故事流传不广，并未让相思豆家喻户晓，真正让红豆走进千家万户，并人人得知它有相思之情的是王维。

红豆生于南国，喜欢生长于阳光明媚的地方。每逢春来，不知会长出多少新枝。红豆是相思之豆，所以愿君多采摘一些回去，因为此物能帮你寄托相思之情。

红豆虽为相思豆，但这首诗并非写给女子，而是写给他的好友李龟年的，所以此诗又叫作《江上赠李龟年》。

李龟年，大唐著名的乐师，深受李隆基的恩宠。安史之乱爆发后，他在乱世中流落于江南。曾经的大唐不复存在，王维的昔日好友李龟年也已奔赴远方，他思念往日情义，提笔写下了这首《相思》。

李龟年收到这首四行小诗后，在长沙唱起了王维的《相思》。王维对友情的思念，李龟年对故乡的情义，引发了人们对沉重现实的哀思。一时间，这首诗已不再仅仅表达友情之思，还寄托了人们对故乡的思念。

红豆之所以更多地寄托了爱情之思，还因为它有另一段故事。

南梁武帝萧统做太子时，是个虔诚的信佛之人。他曾代父出家，在体察民情，编撰《昭明文选》时，遇见了法号为慧如的尼姑。

萧统有佛缘，更深通佛理，便与慧如谈起了释家精义。他见慧如才思敏慧、见解独到，顿生爱慕之情。慧如告辞后，萧统仍意犹未尽，不由自主地跟随慧如到了草庵。等慧如发现他，他找借口继续谈论释家精义，久久不肯离去。

此后，他天天去草庵。表面上，他找她谈论佛理，实际上，他爱上了她。他是当朝太子，一人之下，万人之上，世间还有他不能成就的事吗？

他向她表明心迹，她只能无奈地笑。

萧郎，你是太子啊！

是啊，他是太子，将来的帝王。以后，万里江山都属于他，眼前这个女人又岂在话下？只要她愿意，他一定会将她接回宫中，与她长相厮守，不离不弃。

一句美好的承诺，慧如动了凡心。

她相信他会信守承诺，定不会负她。

《昭明文选》编定完毕，他终于要回到京城。离别前，他让她等待，等他接她回宫的那天。

她点点头，眼里充满无限的哀思与忧伤。她是相信他的，只是她不知道，她要等多久。

"侯门一入深似海，从此萧郎是路人。"

太子与尼姑之间，隔着的不仅是身份地位的差距，还有各自身份的不同使命。身为储君，已注定他不能感情用事。她身为尼姑，又如何能因情还俗？

只是，她还在等，等他兑现承诺，证明他对她的情不假。

可惜，他就此别去，再无归期。

她的萧郎，与她成为路人。她不能接受，相思成疾而去。

她的离去，唤醒了他内心深处的悲痛。他含泪种下双红豆，并将草庵题名为红豆庵，满怀相思悲苦地离去了。

这两棵树似乎也被他们的爱情感动了。数百年后，两树合抱，树干并为一体，上枝仍分为二，至今活在世间。

有了上述的故事，诗人们再次加深了红豆为爱情之豆的印象。在以后的创作中，红豆已离不开爱情之思。

温庭筠的《南歌子词二首/新添声杨柳枝词》，就是借助红豆来表达深入骨髓的相思之情：

> 井底点灯深烛伊，共郎长行莫围棋。
>
> 玲珑骰子安红豆，入骨相思知不知。

深夜里，烛火明亮，她借着微黄色的光，嘱咐即将远行的他，不要忘了归期。"烛"，谐音双关，也有"嘱"的意思。而

"长行"，隐喻指"长别"。围棋在这里，也并非两个人就着烛光下棋之意，而是谐音"违期"。她告诉他，不要因为长久的别离，而忘记归期。

她把相思的红豆嵌入小巧精致的骰子中，让他明白她对他入骨的相思之情。不管他去向何方，只要他看到这精致的骰子，便知道她还在思念着他。

红豆的爱情之思，越来越深入人心了。

王维，一个翩翩公子，自幼聪慧过人。15岁去京城应试，因写得一手好诗，善工书画，通音律，成为京城王公贵族的宠儿，就连见多识广、阅人无数的岐王和玉真公主，都对他推崇备至。

玉真公主很欣赏王维，不过也欣赏李白。她对他们的感情复杂，坊间一直流传着玉真公主和他们的爱情故事。

公主脚踏两条船，王维便退出了公主的世界。他是才高绝顶的王摩诘，有着自己的骄傲，他的尊严不容任何人践踏。

他离开了她，并娶得良妻，开始了新的人生。

许是诗人的多愁善感作祟，高傲的王维离开后，才深知他对她是有情的。他试图挽回这段感情，但终因李白而彻底放弃了她。

许多年后，安史之乱爆发，长安被判军攻陷，王维被捕后出任伪职，对官场仕途灰了心，然后买下宋之问的辋川别业，过上了半隐居的生活。

当王维写下这首《相思》时，也有人说，他在怀念曾经的一段往事。同时，他也思念，曾经青春年少时，他的政治抱负与理想。

晚年的他，"强欲从君无那老，将因卧病解朝衣"。远离尘欲，吃斋念佛，淡远之境自见。

而那位玉真佳人，后来也已成为修仙的女道士，与他过着一般无二的隐士生活。

当玉真纤手捧起红豆，不知她会相思谁？是李白、王维，还是早已解脱红尘，成佛成仙？

"相思相见知何日？此时此夜难为情！入我相思门，知我相思苦，长相思兮长相忆，短相思兮无穷极，早知如此绊人心，何如当初莫相识。"

至少，李白相思着。

红豆，在历史人物的演绎下，再不能离开爱情之思。若不是王维，若不是古人，谁会在意一颗小小的红豆？如果没有对它赋予特殊含义，它不过平凡如绿豆、黄豆。可是，红豆一旦与相思相连，它再也不是它。

人们想通过红豆寄托相思之情，但对于红豆来说，情不过是它的陪衬。与其说是红豆成全了相思，不如说是人们的相思成全了红豆。

　　人世无常，众生有情，明知相思苦，偏偏愿意为他将豆熬成粥汤。那相思，熬透了，煮熟了，以为熬裂的伤口会痛到让自己放下，但谁知，自己宁肯在大锅中继续熬煮，承受那无比煎熬的痛苦，也不肯放手。

　　良辰美景，奈何相思。

　　那相思着的人，痛也是一道美丽的风景吧！

17. 欲问相思处，春风也不知

春望词　薛涛

花开不同赏，花落不同悲。

欲问相思处，花开花落时。

揽草结同心，将心遗知音。

春愁正断绝，春鸟复哀吟。

风花日将老，佳期犹渺渺。

不结同心人，空结同心草。

那堪花满枝，翻作两相思。

玉箸垂朝镜，春风知不知。

　　身为女子，还是聪明机警，懂得审时度势点好。如果不够聪明机警，便不会懂得适可而止，适时大度忍让，情路必然不顺。如果不懂审时度势，在纷乱的世事中，也难活出一份淡然。

　　在古代，多少红颜因情陷于绝境，又有多少女子因江山牺牲了自己。前有虞姬、杨贵妃，后有霍小玉、董小宛，她们都因太重情事，不谙世事而酿成了悲剧。

　　在众多历史女子中，薛涛是个少数的例外。她的一生带有浓烈的传奇色彩，却又不似传奇女子那般纵情，活得悲悲戚戚。她半生做妓，见过太多男子，但她始终知道什么时候展现自己，什么时候适宜收手。

与其说她活得不够自我，太过小心翼翼，不如说她深谙世事，聪明冷静。

她是那种，想到了就一定能做到的女子。

薛涛幼时，随父薛郧流于成都，八九岁已能诗能文。八岁那年，其父见庭中有一棵长得茂盛的梧桐树，指树作诗曰："庭除一古桐，耸干入云中"，随即令薛涛续答，试她才华。薛涛应声答道："枝迎南北鸟，叶送往来风。"父亲听完，沉思良久，除了讶异她的才华，更觉得这是不祥之兆，怕她今后成为一个迎来送往的风尘女子。

薛涛16岁时，谶诗应验。那时，她诗名遐迩，因有姿色，通音律，善辩慧，工诗赋，遂入乐籍，成为一名女诗人。

乐籍，便是迎来送往的官妓。

不过，唐朝时乐籍不同于后来的妓女，她们多是卖艺不卖身的女子。薛涛诗才遐迩，声名倾动一时，历任蜀中节度使都对她既爱慕又尊重。

韦皋是一位军事家，军功卓著，喜欢作诗，他曾写下"长江不见鱼书至，为遣相思梦入秦"的妙句。当他听说薛涛的大名后，把她召去，让她即席赋诗。薛涛神态从容自若，应题而答，提笔写下了《谒巫山庙》：

> 乱猿啼处访高唐，路入烟霞草木香。
> 山色未能忘宋玉，水声犹是哭襄王。
> 朝朝夜夜阳台下，为雨为云楚国亡。
> 惆怅庙前多少柳，春来空斗画眉长。

韦皋阅罢，拍案叫绝。巫山云雨，在宋玉笔下早已成为男欢女爱的代名词，薛涛此诗立意颇新，没有半点粗俗之意，倒是把巫山的云雨写出了怀古沧桑之气。她的气势之大，倒像一位男子。

此诗让薛涛名声更响，从此帅府中每有盛宴，她一定是侍宴的不二人选。从此，他成了她的依靠，也有人说，她成了他随意摆布的女人。

薛涛沦为乐籍，即使没有韦皋，也定会有其他"皋"存在。她虽失去了自由，身陷污淖，但她从未有过抱怨与委屈，反而不卑不亢，业余之时，仍旧研究诗文。

薛涛在韦皋节度使府中来来往往长达五年之久。这五年中，她已成为诗人眼中品位的代表。诗人每写出一首诗，第一想捧给皇帝阅读，第二便是想给薛涛看。皇帝阅览群书，身边才子无数，他代表着男性的权威，而薛涛则是女性品位的权威。

薛涛一生，接触过太多诗人，像白居易、张籍、王建、刘禹锡、杜牧、张祜等。她的眼界越来越高，诗才也越来越好。韦皋认为，她的才华只能侍宴，实在屈才，便请旨朝廷授她校书郎的官衔。

韦皋此举，遭到人们空前一致的反对，幕僚们不同意一位妓女入朝为官，认为有失体统，伤害了官府的尊严。此事虽然就此搁浅，但人们依旧称她为"女校书"。

韦皋宠爱她，是众人皆知的事，所以才有了后来的"行贿"。据《鉴戒录》所载："应衔命使者每届蜀，求见涛者甚众，而涛性亦狂逸，不顾嫌疑，所遗金帛，往往上纳。"

达官贵人每次来到蜀地，求见薛涛者众多，而薛涛性子狂逸，不怕韦皋怀疑，统统收下他们的金帛，然后如数上交给韦皋。这似乎是一种炫耀，告诉他，她追求者甚多。她不仅仅属于他，也有可能属于别人。

女人是没有安全感的，薛涛才华横溢，无名无分，只是一个闻名遐迩的妓女，她需要一个长久的保证，确切地说，她需要男人给她一个名分。

也有人将此句解释为，来蜀地的官员，为了求见韦皋贿赂薛涛，而薛涛统统收下后如数上交。

不管众人如何解释，薛涛的结局是不会改变的。他盛怒之下抛弃了薛涛，将她发配至松州。松州地处西南边陲，人烟稀少，兵荒马乱。她走在苍凉凄荒的路上，心中有些悲痛与恐惧。她感慨道："闻道边城苦，而今到始知。却将门下曲，唱与陇头儿。"

他捧着她时，她抬起了骄傲的头。如今流落边陲，是她该低头的时候了。她忍住对他的不满与怒气，用叙事的方式，写下了《十离诗》：

犬离主

驯扰朱门四五年，毛香足净主人怜。

无端咬着亲情客，不得红丝毯上眠。

笔离手

越管宣毫始称情，红笺纸上撒花琼。

都缘用久锋头尽，不得羲之手里擎。

马离厩

雪耳红毛浅碧蹄，追风曾到日东西。

为惊玉貌郎君坠，不得华轩更一嘶。

鹦鹉离笼

陇西独处一孤身，飞去飞来上锦裀。

都缘出语无方便，不得笼中更换人。

燕离巢

出入朱门未忍抛，主人常爱语交交。

衔泥秽污珊瑚枕，不得梁间更垒巢。

珠离掌

皎洁圆明内外通，清风似照水晶宫。

只缘一点玷相秽，不得终宵在掌中。

鱼离池

跳跃深池四五秋，常摇朱尾弄纶钩。

无端摆断芙蓉朵，不得清波更一游。

鹰离鞲

爪利如锋眼似铃，平原捉兔称高情。

无端窜向青云外，不得君上臂上擎。

竹离亭

蓊郁新栽四五行，常将劲节负秋霜。

为缘春笋钻墙破，不得垂阴覆玉堂。

镜离台

铸泻黄金镜始开，初生三五月徘徊。

为遭无限尘蒙蔽，不得华堂上玉台。

《十离诗》与她之前的诗作相比，不算精妙，但可谓通俗易懂。就因为太易懂，又有十离，所以才打动了他。

犬因错离主，毛笔无锋遭主抛弃，鹦鹉话多笼换新宠……

这到底是谁的错？是人的喜新厌旧，还是"十离"中的事物真的错了？她在为自己剖白，也在告诉他，她已觉悟自己的错处，只要他一句话，她仍可做回他的笼中鸟、梁间燕、亭旁竹……

韦皋读罢《十离诗》，心软了下来，一纸命令，又将薛涛召回。

古代多少女子，试图通过写诗挽回男人的心。真正能回到男人身边的女子，却寥寥无几。陈阿娇挥金求人写下《长门赋》，那诗中尽是抱怨悲戚。一味诉说自己的苦，世人听了或许动容，但她的男人读罢，只有厌恶的份儿。

人们会怜悯同情一个人悲苦的遭遇，但没人喜欢怨妇。薛涛聪明就聪明在她很冷静，和武则天、卓文君一样忍得住。

她们写诗，不是为了抒情，而是为了达到自己的目的。她想挽回男人的心，便会在诗中写下打动男人的东西，一发即中。

当薛涛再回到韦皋身边时，她终于明白，他不能给她什么。

他纵算对她万般宠爱，他终究不能给她名分。她提出赎身，试图摆脱他的控制，但韦皋并不同意。

韦皋61岁那年暴毙，35岁的薛涛，终于迎来了自由之身。

这些年，她见惯了风花雪月、世事无常、男人的薄幸，本以为自己对爱情再不会有期许，可是，她的内心渴望一个家。她是女子，期盼有人将她捧在掌心。她在成都西郊的一座庭院中，提笔写下了《春望词》：

> 花开不同赏，花落不同悲。
>
> 欲问相思处，花开花落时。
>
> 揽草结同心，将心遗知音。
>
> 春愁正断绝，春鸟复哀吟。
>
> 风花日将老，佳期犹渺渺。
>
> 不结同心人，空结同心草。
>
> 那堪花满枝，翻作两相思。
>
> 玉箸垂朝镜，春风知不知。

她一个人孤单太久了，开始渴望与她同赏花开花落之人。遥想红尘过往，谁是值得她相思的人呢？韦皋，还是曾经的座上客？她不知道自己相思在何处，大约在那花开花落间吧。

她还渴望遇到知音，两人执手相看，从黄昏到日暮，从壮年到白头。只是，这一切不过是她一个人的梦，自艾自怜而已。春光匆匆，韶华易逝，春鸟落在枝头，一声又一声地发出哀鸣。它舍不得这美好的春天啊！

春光终将逝去，佳期也离她越来越远，她已等不及了。可她期盼已久的知心人，还是没来。她空空地拿着同心草，依旧在漫长的时光中等待着那个对的人。

万物轮回，春光复归，一年又过去了。当春花开满枝头，她身边依旧没有那个与她同赏花开花落的人。晨起，她在镜中看到自己年华已老，难过地流下了热泪。春风，你懂她的相思吗？

怕是春风也不知道。

40岁那年，薛涛遇到了以御史身份出使蜀地的元稹。

他早就听说薛涛的诗名，特意单独造访。那时，元稹诗才很是闻名，"一章一句出，无胫而走，疾于珠玉"。意思指，他的诗，比珠玉转手还快。

她一直在等她的知音。当元稹出现在她的生命里时，这个比她小11岁、风流倜傥、才貌双全的男子，一下子吸引住了她。

这是她第一次遇见爱情。在他面前，她变得很低很低，再没了往日的骄傲。

她疯狂地恋着他，与他恩爱缠绵，难舍难分。"双栖绿池水，朝暮共飞还"，她想与他在一起，牵手至暮年。

然而，这终究是她一个人的相思。她的心事，春风也不知，元稹又怎能真正地知道？三个月后，他写下一首诗给她，离开了蜀地。

"言语巧偷鹦鹉舌，文章分得凤凰毛"，他夸她能言会道，文章出彩，才华横溢。他悄然离去，终究是负了她，只好给她一个承诺："别后相思隔烟水，菖蒲花发五云高。"

他走了，即使天涯海角，他仍是思念她的。

爱情如此短暂，比春花更易逝，比青春更难留。薛涛望着满纸诗情，收住了悲伤，不做任何纠缠。她深知，这样一位风流的男子，自是留不住的。

他不是韦皋，韦皋对她有情，愿意保护她。元稹，只是欣赏她的才华，她不过是他生命里的过客。

这次，她对人世间彻底死心。

薛涛褪下素衣，披上道袍，移居碧鸡坊，在那里度过了余生。

很多人不解，薛涛为何不争取，说不定他会回心转意，如同她曾经写下的《十离诗》。

当初，她委身于韦皋，因为她只想好好活下去。他三妻四妾，同其他女子逢场作戏，她不在乎是因为从未爱过。当她爱上元稹，她深知他是一个风流滥情的男子。她是他生命中的其中一个，却不会是最后一个。

挣扎与痴缠，不过是将自己推向更为被动的境地。与其苦苦挣扎，不如好聚好散。

比爱一个人、得到一个人更重要的是，要懂得自爱。

这是她最后的尊严，也是这段爱情最好的结局。

当她身披道袍，成为一位仙风道骨的道人时，不知她还会不会对着春花再次诵吟诗歌：欲问相思处……

怕是，只有她自己知道了。

18. 易求无价宝，难得有情郎

赠邻女/寄李亿员外　鱼玄机

羞日遮罗袖，愁春懒起妆。

易求无价宝，难得有心郎。

枕上潜垂泪，花间暗断肠。

自能窥宋玉，何必恨王昌？

断头台上，刽子手手起刀落间，鱼幼薇终于明白，她所谓的看透，不过是骗自己。她以为她放下了爱，放下了情，最终却发现，她比任何人都需要爱。

温庭筠走了，李亿走了，她以为此后只会与男人逢场作戏，陈韪与婢女绿翘偷欢还是出卖了她。

因妒，因不甘心，她失手打死了绿翘。

曾几何时，她竟比裴氏还善妒。

裴氏，李亿的夫人。李亿，她爱的男人。

那年的长安城，春风浩荡，满城飞絮如雪，鱼幼薇好似一只无处落脚的风筝正随风飘荡。她向倾慕已久的大诗人温庭筠示爱，他拒绝了她。为了断除她的念想，温庭筠将状元郎李亿介绍给了鱼幼薇。

鱼幼薇五岁颂诗百篇，七岁出口成章，十一二岁便已成为长安城里声名远播的女诗童。因为不凡的才气，她成了温庭筠的学生；因为不俗的姿色，她成了李亿的妾。

她不计较名分，只求遇见视她若宝的男子。

李亿没让她失望，待她贵如掌中明珠。他们婚后如胶似漆，情深意长。李亿夜夜安于幼薇处，忘记了他还有一位善妒的妻——裴氏。

裴氏出身高贵，善妒，有心计。16岁的鱼幼薇在裴氏面前，像一只待宰的羔羊，任她欺凌。

她隐忍，她隐藏，只为能继续陪在李亿身边，好对得起他对她的爱。幼薇越是爱他，他越是维护幼薇，裴氏便越是恨。

实在无奈，鱼幼薇这才成了鱼玄机。

有人说，裴氏无情，让她去了道观，成了道姑。有人说，李亿心有不忍，才让她去道观避风头。不管何种原因，她已不再是他的妾，而成了一位道号叫玄机的女道士。

此后，世间只有鱼玄机，再无鱼幼薇。

那时女子出家，并非今日这般带着避世的意味，多半是顶着道姑的帽子追求爱情。玉真公主、杨贵妃、武媚娘，哪一位不是当了尼姑后，又转嫁于心慕之人呢。

话虽如此，但对于鱼玄机而言，始终心心念念着她的夫君李亿。

许多个夜晚，只她一人对着孤灯悲叹。她跪于神像前，祈求神仙助她唤李亿前来，哪怕道一句安好，也已知足。

他几日没来，是否已经忘了她？不，他没有忘记，否则，又怎会派人送来凉席？他心里到底是有她的。

她等啊等，他来看她的次数越发少了。那暗夜里的孤灯就这样亮着，一晚又一晚，直到天色泛白。

她写《春情寄子安》：

> 山路欹斜石磴危，不愁行苦苦相思。
>
> 冰销远涧怜清韵，雪远寒峰想玉姿。
>
> 莫听凡歌春病酒，休招闲客夜贪棋。
>
> 如松匪石盟长在，比翼连襟会肯迟。
>
> 虽恨独行冬尽日，终期相见月圆时。
>
> 别君何物堪持赠，泪落晴光一首诗。

寂寞，大把的寂寞；相思，深入骨髓的相思。她盼着月圆之夜，那便是他们相见之时。爱你的人，不会让你受尽相思之苦，因为这苦他自己也在品尝。也许他爱过她，但此时，鱼玄机已感觉到，他对她冷了。

他不再派人送东西来，也不再给她写下只言片语。他消失了，带着他的妻子彻底地离开了长安。

没有告别，什么也没有。她不再是他的妾，自然也无须知会。

曾经万般恩爱，以为他是她的依靠，是她命中的有心郎，却不承想落得露水情缘的结局。李亿，与普天下男子并无不同，他哪里只爱她一人，还不是薄情寡义到令人齿寒？

她被温庭筠拒绝，被李亿无情抛弃，当他们双双离去那一刻，她便决定此生再不拿男人当回事。

男人是什么？爱情是什么？都是骗自己的东西。

咸宜观来了一位香客，边烧香边哭泣。她的爱人离她而去，她只好祈求神仙保佑，让她的有情郎回心转意。鱼玄机听完，写下了一首诗给她，这便是著名的《赠邻女/寄李亿员外》：

羞日遮罗袖，愁春懒起床。
易求无价宝，难得有心郎。
枕上潜垂泪，花间暗断肠。
自能窥宋玉，何必恨王昌？

“易求无价宝，难得有心郎”，既无有心郎，情又何必放心上。

此后，鱼玄机的大门永远为男人敞开，却再也不会对任何男人动情。她早已看透世间男子，得不到的才最珍贵，那她又何必忠于一个男子？

鱼玄机红了。道观门前，前来拜访的男子多得不计其数。她的大胆、鲜活、才情、泼辣，迷倒长安城无数男子。

道观于她而言，之前不是修行之地，此后更不是。她从不受道观清规戒律的约束，终日纵情声色，与慕名前来的达官贵人、风流才子品茶论诗，说玄参道。

她见了太多男子，无一不是逢场作戏，唯独有一位叫陈韪的乐师令她欢心。他精通音律，风度翩翩，博识广闻，令鱼玄机刮目相看。

他成了她最长久的情人。

情人，不过是一个情人，无须动情，长久一点有什么不好？

他常常来，她常常迎。一来二去，谁知这位陈公子竟与她身边的婢女绿翘扯到了一起。

区区婢女，她一直待她不薄，她又怎能背叛她？男子不靠谱，这天底下的女子，怎就不懂女子的苦心呢？

许是恨铁不成钢，许是太过生气，鱼玄机对她一顿鞭打，彻底要了绿翘的命。

她慌了，只得把尸体偷埋于院中。

13岁，绿翘今年13岁了。她那么年轻，而鱼玄机已经26岁了。她不能要求13岁的姑娘对爱情不抱期待，对"有心郎"不动心。

她是劝不住的。

她累了，心如死灰。若不是心如死灰，又怎会失手打死绿翘？当这件命案曝光，审问她的竟是昔日追求她而被她扫地出门的裴澄。

曾经，她让他颜面尽失；今日，他送她命丧黄泉。

当鱼玄机被送上断头台，恍惚间，她仿佛回到了自己的13岁。

那年，她遇到了一个大耳、肉鼻、阔嘴，貌若钟馗的男人。

他就是温庭筠，来烟花柳巷找一位打杂的女诗童鱼幼薇。

　　温庭筠虽"样貌丑陋"，但诗名远播，一直是鱼幼薇倾慕的诗人。他慕名来看她，她很高兴。

　　她看上去很机灵，他很喜欢她。于是，他以《江边柳》为题，让鱼幼薇作诗，她很快作出一首《赋得江边柳》：

> 翠色连荒岸，烟姿入远楼。
> 影铺秋水面，花落钓人头。
> 根老藏鱼窟，枝低系客舟。
> 萧萧风雨夜，惊梦复添愁。

　　一个13岁的少女，作诗竟如此老道，遣词用句，平仄音韵，诗意境界，完全不像她这个年龄该有的。

　　温庭筠对她十分满意，收她为弟子，教她读书作诗。

　　她倾慕他的才华，折服于他亦师亦友的关系。他对她关怀备至，宠爱有加。她一直以为，他是爱她的。当他远赴外地做官，她的相思之情就满满地溢了出来。

　　她写信向他表白，他拒绝了她，然后，她就遇到了李亿。

　　13岁啊！倘若可以重来，她仍不后悔遇见他。

　　温郎，她轻唤一声，这两个字有太久没有唤过了，仿佛是上一世的事了。

　　26岁，她确实老了。这短短的二十几年，她像是活了好几辈子。

　　刽子手的刀终于落下来，在闭上眼睛的一瞬间，她在想着谁？她也许想过温庭筠，也想过李亿。她从未忘记这负心的男子，否则，也不会终日饮酒作乐，麻痹自己。

她一直没忘，忘不掉。

只可惜，台下无数达官贵人、风流才子为她送行，唯独她爱的男子，依旧不肯回来看她一眼。

哪怕一眼也好。

她开门迎客，轰动整个长安城，令无数男子倾倒于她的石榴裙下，又是为了谁？只想让他们知道，她过得好着呢。

可好不好，只有她自己知道。

这情啊，这男人啊，真是比这砍头的刀还冷，还冷！

易求无价宝，难得有心郎。她早已窥探出情爱的玄机，却从未窥探出自己命运的玄机。

她终究是，看得破，却放不下。

可惜，她明白得太晚了。

19. 至高至明日月，至亲至疏夫妻

八 至 李冶

至近至远东西，至深至浅清溪。

至高至明日月，至亲至疏夫妻。

唐朝似乎盛产女道士，薛涛、鱼玄机、玉真公主等，最后都做了女道士。就连伟大的女帝武则天也曾削发为尼，结缘佛门。

自古红颜要么薄命，要么情路坎坷，她们太过受人瞩目，又太过才华出众，半生虽受尽众生追捧，但是当她们身陷爱情，或美人迟暮，换来的终究是半生悲凉。

洗尽铅华，出家修道，也许是最好的选择。《红楼梦》中，贾宝玉荣华一时，最终选择放下，出家为僧，一时间，出家已成为人生落寞时的无奈之举。不同的时代，人们对出家的定义不同，出家的目的也不同。例如，李冶出家就很特殊，她是为了躲避人生中的"情事"灾祸。

李冶与薛涛、鱼玄机、刘采春并称"唐代四大女诗人"。薛涛、鱼玄机已闭门清修，李冶又怎能不追上她们的步伐？

实际上，李冶出家更早，这源于她六岁那年的谶诗。

李冶自幼容貌俊美，天赋极高，诗才显露。六岁那年，她写下了一首咏蔷薇的诗："经时未架却，心绪乱纵横。""架

却"与"嫁却"谐音，小小年纪，便懂得待嫁女子心绪烦乱，长
大后怎么得了？父亲认为此诗不祥，怕她长大后成为失行的妇
人，便在她11岁时将她送到玉真观出家，好让她清静身心，躲避
"灾祸"。

出家，在成年人眼中，虽然是一件不得了的大事，但是在孩
子眼中，与身处红尘并无不同。李冶在道观中，依旧神情潇洒，
专心翰墨，弹琴作诗。

出家后，李冶改名李季兰。在唐代，道教大兴，朝廷给男道
士30亩，女冠20亩。入道后，李季兰不仅没有收敛心性，反而诗
酒应酬，活得潇洒自在，风雅风趣。她在那里结识了刘长卿、杜
鸿渐、朱放、阎伯钧、崔涣等人，另与诗僧皎然、茶圣陆羽，也
有密切的往来。

在众多朝臣名流中，李季兰与刘长卿关系最为熟络，常以
文为戏。据《唐才子传》载："（李季兰）尝会诸贤于乌程开元
寺，知河间刘长卿有阴重之疾，诮曰：'山气日夕佳。'刘应声
曰：'众鸟欣有托。'举坐大笑，论者两美之。"

"阴重之疾"，指"疝气"病，须用布兜托起睾丸缓解痛
楚，李季兰知道刘长卿有此疾，便用陶渊明的诗"山气日夕佳"
来讥讪。

刘长卿听完，不仅不生气，反而也引用陶渊明的诗来对答：
"众鸟欣有托。"李季兰在众人面前讲话如此大胆，其父曾经的
担心不无道理。

她与皎然也有往来，对他却是另一番情怀。不知她对他说过
什么，但他写过一首回赠诗，拒绝了她的"试探"：

> 天女来相试，将花欲染衣。
> 禅心竟不起，还捧旧花归。

她欲染他清静身心，但他对她凡心未动，拒绝了她的情意。

于是，李季兰开始寻找不拒绝她的男子。

阎伯钧是皎然的好友，风流俊雅，才华横溢，与李季兰一见钟情。李季兰虽大胆开放，却是个钟情的女子。遇见他后，李季兰收敛起心性，与他过起了如胶似漆的"夫妻"生活。当阎伯钧去剡溪赴任时，她写下了情意绵绵的诗句：

> 流水阎门外，孤舟日复西。
> 离情遍芳草，无处不萋萋。
> 妾梦经吴苑，君行到剡溪。
> 归来重相访，莫学阮郎迷。

君远行，莫要忘记妾身，莫学那阮郎，意乱情迷将我抛弃。

李季兰将满心情意交托给阎伯钧，此君走后，虽偶有只字片言寄回，却情意淡淡，再不是昔日如胶似漆的君郎。他并非专情之人，偶然地相遇也只会偶然地结束，他与她不过逢场作戏，是她玩得太过认真了。

女子最怕一腔情思付诸东流，而男子最怕的，便是女子托付终身。卿本风流，承受不起那沉重的爱。他需要才华横溢、妙趣横生的知音与佳人，却不需要窈窕俏丽的妻。他的妻，理应是那良家女子，端茶磨墨之人。

虽被负心男抛弃，但李季兰并没有放弃寻找那个可托付的人。她是女子，终究需要一个家，一个与她携手余生的男子。她将目光锁定在了另一位有才华的男子身上，此人便是隐士朱放。

他们在剡中相遇。

他归隐于山林间，她陪他在林中漫步，谈诗论道；他坐于案前写诗作画，她素手磨墨，静静欣赏；他月下赏花，对影饮酒，她便举杯邀明月，花下也风流。

这是她想要的余生，不求大富大贵，只求现世安稳。

然而，世事从无安稳。当朱放奉诏前往江西为官，李季兰的好梦也跟着破碎了。临别前夕，他写诗赠她：

别李季兰
古岸新花开一枝，岸傍花下有分离。
莫将罗袖拂花落，便是行人肠断时。

朱放也走了，带着他的思念。他纵然不能给她什么，但她仍是他生命中盛开过的、美丽的鲜花。花开花又落，断肠也不过短如花落的瞬间。

李季兰也为朱放写下了一首诗。他离去后，她将《寄朱放》寄了过去：

> 望水试登山，山高湖又阔。
> 相思无晓夕，相望经年月。
> 郁郁山木荣，绵绵野花发。
> 别后无限情，相逢一时说。

她日夜承受着相思的煎熬。不承想，这相思在经年的别离中，渐渐冷却了。年年花发，年年伤情。她付出了全部身心，最后终是一声叹息。

李季兰钟爱的男子，皆才华横溢，名闻四方，身边从不缺月下美人。她是他们生活中的调味剂，当她成为"女冠"时，便注定她不会遇见可托付终身的男子。

她那首谶诗，就这样应验了。为了嫁人，她心烦意乱，即使做了道士，依旧没能改变自己的命运。

人生中有太多"灾祸"，是躲不掉的。

当美人迟暮，君郎逐个离去，李季兰终于品味出人生的真谛。于是，她写下了这首《八至》：

> 至近至远东西，至深至浅清溪。
> 至高至明日月，至亲至疏夫妻。

此诗首字"至"字在诗中出现八次，故题名"八至"。

最近和最远的是东与西，最深和最浅的是清溪。最高和最明的是日月，最亲和最疏的是夫妻。此诗虽简单易懂，口气却是历经千帆之后的平淡。前三句层层铺垫，只为最后引出一句至理"至亲至疏夫妻"。

相爱的两个人，在一起时是最亲密的人，胜过世间所有情义。当两个人分开，或再不相爱，便形同陌路，老死不相往来。曾经有多甜蜜，分开后便有多恨，这是世间最近也最远的距离。

曾经沧海难为水，除却巫山不是云。李季兰历经诸多情劫后，终于归于淡然。

晚年，她因诗才闻名而盛达天庭，被皇帝召请入宫。启程时，她写下了这首《恩命追入留别广陵故人》：

> 无才多病分龙钟，不料虚名达九重。
> 仰愧弹冠上华发，多惭拂镜理衰容。
> 驰心北阙随芳草，极目南山望旧峰。
> 桂树不能留野客，沙鸥出浦谩相逢。

此时，她已是一位老妪，皇帝召见过后，便再无下文。他慕名她的诗才，终究更贪恋世间倾城绝色。

李季兰后来留在了长安。当朱泚叛乱、德宗出逃时，李季兰因上诗朱泚，被德宗下令乱棒扑杀而亡。

因诗闻名，因诗而亡。

才华可以成就一个人，也可以毁掉一个人。

乱棒之下，不知李季兰是否后悔曾吟下那首谶诗。倘若，她并无满腹诗才，也许会收获平凡女子该有的幸福。

携一人相伴，择一城终老。然后再品味出那句"至高至明日月，至亲至疏夫妻"。

这夫妻之情，是她渴望一生的"情"吗？

20. 多情即是无情

赠别二首·其二　杜牧

多情却似总无情，唯觉樽前笑不成。

蜡烛有心还惜别，替人垂泪到天明。

提起杜牧，不能不提《清明》这首诗，因为它太著名了，几乎众人皆知。"清明时节雨纷纷，路上行人欲断魂。借问酒家何处有，牧童遥指杏花村。"

诵读这首诗，最好抑扬顿挫、摇头晃脑、不求甚解地读。一旦试图逐句解释其意，心头那片朦胧中想拨开雾气一探究竟的好奇，也便失去了。作画要留白，美人儿须"犹抱琵琶半遮面"，诵诗，自然要投入诗情画意的场景中。

诗意，是只能意会、不可言传的东西。一旦说出来，便不再是诗意，而是叙述你的想法与所见。

之所以摇头晃脑地读，是因为你能在当下体会此诗意境时，还能体验古人诵诗时的趣味。

一霎间，你与古人相逢，穿越回千年的唐朝。回到长安扬州，结识一位名叫杜牧的好朋友。

杜牧，字牧之，号樊川居士。他出身名门，忠良之后，自幼饱读诗书，心怀天下。他在读书之余，关心军事，后来还专门研究过孙子，写过13篇《孙子》的注解。

杜牧20岁时，已博通经史，擅长治乱与军事。他一心报国，渴望在仕途上有所建树，23岁时，已作传世名篇《阿房宫赋》。然而，随着祖父与父亲的相继去世，他的仕途开始频频受阻。他在扬州的牛僧孺幕府任职，此官一做便是十年。

扬州，在诗人眼中是"天下三分明月夜，二分明月在扬州"，是"人生只合扬州死，禅智山光好墓田"。然而，在杜牧的眼中，既有"春风十里扬州路，卷上珠帘总不如"的遗憾，又有"二十四桥明月夜，玉人何处教吹箫"的落寞与惆怅。

并非扬州不好，而是身居此地，却官职卑微，一腔抱负无法施展，令他孤寂伤恸。他在这里，醉生梦死，吟诗作曲，与歌伎一同狂欢。只要能打发孤寂，何乐不为呢？

雄才大略，无限诗才，在杜牧看来，君子早晚会有用武之地。他不甘堕落，在沉醉中依旧期盼机会来临。然而，他痴痴地等了半生，仍未实现心中的抱负。他身心俱疲，决定离开这个伤心地，去长安寻找新的机会。

离开扬州，便写扬州，他开始怀念此地：

遣怀

落魄江湖载酒行，楚腰纤细掌中轻。
十年一觉扬州梦，赢得青楼薄幸名。

"十年一觉扬州梦，赢得青楼薄幸名。"

十年，足以毁灭一个人。纵然杜牧心仍不甘，但他这些年，酒不离身，又遇见太多女子，这场梦留下了什么？

只有一个薄幸的名字。

牛李之争，朋党之争，杜牧挣扎其中，又做得了什么？青楼风月，醉生梦死，也不过是为了躲避一场又一场的政治斗争。十年，回望"一觉扬州梦"，尽是蹉跎人生。

这场梦做了太久，好在他醒了，但是醒来后，他又该魂归何处？

杜牧回到了长安，发现这再也不是他的城。他不知该去何处，似乎这人世间也不属于他了。杜牧官职虽小，仍受控于朝廷，他的安身之处也由朝廷来决定。当他在宣州幕下任书记时，听说湖州美女如云，便去湖州寻花问柳。

杜牧在那里邂逅了一位十几岁的女子。

一位乡村老妇，带着她出现在人群中，他一眼看到了她。他夸她天姿国色、窈窕俏丽，并一见钟情。他将这对母女接到船上谈话，想下聘礼娶她为妻。

老妇听完，吓得大惊失色。此事，未免太过草率。

杜牧解释说，十年后，他必到这里来迎娶她为妻。如若不来，她可嫁给他人。

他是宣州书记，她是良家妇女，此番约定并无不妥。

分别后，他继续任职做官，一切如同往常。唯一不同的是，杜牧一直思念着她。这许多年来，他出任黄州、池州和睦州刺史，唯独无法出任湖州刺史。为了去湖州任职，他给出任宰相的好友周墀写了三封信，直到他47岁那年，终于得到了去往湖州任职的机会。

此番一蹉跎，14年过去了。

当杜牧来到湖州，找到那位妇人时，才知她已出嫁三年，并生三子。杜牧责问，为何要失约呢？老妇只好答，十年期约已过，她理应嫁给他人。

仕途不顺，情路竟也这般坎坷。那一年，他写下了
《叹花》：

> 自是寻春去校迟，不须惆怅怨芳时。
> 狂风落尽深红色，绿叶成阴子满枝。

芳华已逝，春花已落，一切都太晚了。他错过了她最美的年纪，可是她分明子满枝头，果实累累啊！这世间的美好，怎就不属于他，都被他错过呢！

他错过了一个又一个十年。如今，年过半百，他的人生还剩下什么？

穷则独善其身，达则兼济天下。一个人能找准自己的位置太难。穷，仕途不顺时，渴望名利富贵；达，出入将相时，又会忘记当初心怀天下的志向。

杜牧做不到不争名利，也做不到在落寞之际，如同苏轼般潇洒自在。

他累了，带着满心的疲惫与仇怨，闭门家中，开始整理生前所撰的文章与诗词。

这是他唯一能做也最喜欢做的事了。

风流才子，醉生梦死、风花雪月半生，终于归于平静。他日夜与诗书为伴，与他穷尽半生写下的文章和诗词为伴。那时，他颇有盛名，只愿将被认可的诗文留于后人。

他在拣选中，看到了离开扬州赴长安任监察御史时的诗词。他对着心爱的女子，写下了《赠别二首》：

其一

娉娉袅袅十三余，豆蔻梢头二月初。

春风十里扬州路，卷上珠帘总不如。

其二

多情却似总无情，唯觉樽前笑不成。

蜡烛有心还惜别，替人垂泪到天明。

　　她是一位十三四岁的歌妓。少女姿态娉袅，举止轻盈妙曼，就像二月里含苞待放、初现梢头的豆蔻花。春风骀荡十里扬州路，珠帘翠幕中的佳人，没有谁能比得上她。

　　杜牧的前半生，红颜遍扬州，他对她的喜欢，是真心的。只是，他们要离别了，他的多情却好像无情的人一样冰冷，令他笑不出来。那夜，蜡烛滴泪，他直感叹它有"心"，至少有惜别之意，替他们垂泪到天明。

举樽道别，强颜欢笑，到底是仕途重要，还是红颜更为重要？他选择了离去，纵使伤感与不舍，他仍要奔赴远大前程。

为了仕途，他错过了太多的红颜。那些等他的、他等的，都统统错过。是他太不懂珍惜，还是他选择错了？假如他可以回到过去，不知他是否会选择留在红颜身边，与她携手余生，至少人生不再是一个人的艰难与苦涩。

多了一个知心人，也多了一点味道。

可他最终还是离去了。因为他清醒地知道，假如红颜真的可以为他解忧愁，他在扬州十年，又为何过得那般委屈与无奈？

红颜救不了他，不是红颜的错。

杜牧将昔日文稿一张一张地投入火盆中，看它们在火中燃烧，如同燃烧着他的半生青春、他一生的梦。仕途，终究是一场梦，如同这如梦似幻的人生。

出入将相又如何，果真能一展抱负？还不是宦海沉浮、内外斗争吗？这仕途走不走，结果都一样，都要品味人生之苦和现实的无奈。

杜牧称自己的多情，好似无情。但对于世间女子来讲，多情即无情。任何一位红颜，在他眼中都不过是其中一个，永远不会是最后一个。

他从不爱谁，最爱的人还是自己。

假如你是男子，回到扬州，当可与杜牧饮酒作诗，欢歌笑语，一起畅快到天明。假如你是女子，也可与他举杯对饮，听他诉说衷肠，切莫成为他的红颜。

因为天亮后，他终将离去，成为别人的杜牧。

蜡烛有心，纵使世间好男儿，也仍那么无情。

21. 肠断千休与万休

菩萨蛮·如今却忆江南乐　韦庄

如今却忆江南乐，当时年少春衫薄。骑马倚斜桥，满楼红袖招。

翠屏金屈曲，醉入花丛宿。此度见花枝，白头誓不归。

一直以为韦庄是位女子。因为你很难相信"妾拟将身嫁与，一生休。纵被无情弃，不能羞"之句，出于男子之手。

虽然温庭筠、白居易都以女性视角写过诗词，但与韦庄相比，女性的心思还是韦庄写得最透彻、细腻。他总能以女子内心读白的方式，将女子的所思、所想、所感，在词中准确无误地表现出来。他的词，叶嘉莹教授称为"其中有人，呼之欲出"。

读韦庄的词，最好在清风明月之夜，泡一杯茶，边喝边读。一首词读完，一杯茶饮下，词中的故事也一起回味了。

"记得那年花下，深夜，初识谢娘时。水堂西面画帘垂，携手暗相期。"（《荷叶杯》）"昨夜夜半，枕上分明梦见。语多时。依旧桃花面，频低柳叶眉。"（《女冠子》）。一阕词，一位女子，一个故事，已写下一段人生。

当韦庄在别人的爱情里品味完一段又一段离愁与哀伤时，他自己的离情与忧愁，却无论如何也品不完。

韦庄，仅姓氏便承载着无数荣耀。自隋唐以来，韦氏家族一直是名门望族，先后拜相者有20余位。韦庄出生，正是晚唐繁华谢幕、气数将尽之时。

山河巨变，家破国亡，韦氏一族的势力也日渐衰落。他幼年时，父母早亡，靠着聪明好学、不服输的劲头，撑过了少年与青年。

他坚信，只要他奋力读书，就有金榜题名、重振韦氏一族的那天。

每个少年心里，都有一股闯荡的劲儿。可惜，他高兴早了。14岁那年，他去应试，却名落孙山，他的骄傲、他的心，有种针扎似的疼痛。

不过，他仍给自己打气。他才14岁，来日方长，这次输了，不代表以后还会输。

他开始隐居虢州，在那里潜心读书，两耳不再闻窗外俗事。在应举之前，他在很多人府中当幕僚，一为维持生计，二为拓展自己的圈子。

24岁那年应试，韦庄再次落榜。

洛阳，韦庄对这座城有着深刻的感情。当他的这首《秦妇吟》受到好评时，他得了"秦妇吟秀才"的美名。

"……西邻有女真仙子，一寸横波剪秋水。妆成只对镜中春，年幼不知门外事。一夫跳跃上金阶，斜袒半肩欲相耻。牵衣不肯出朱门，红粉香脂刀下死。南邻有女不记姓，昨日良媒新纳聘。琉璃阶上不闻行，翡翠帘间空见影。忽看庭际刀刃鸣，身首支离在俄顷。仰天掩面哭一声，女弟女兄同入井。……"

《秦妇吟》是一首长篇叙事诗。此诗借助一位逃难妇女之口，描述了唐末黄巢起义这一历史事件，反映了战争带给人民的伤害。韦庄凭借此诗，虽闻名遐迩，但这不是他想看到的。

大唐是他的国、他的家，他唯一的依靠。当洛阳城内鲜血淋漓、哀鸿遍野时，也意味着他为国效力的梦破碎了。

于是，他开始了迁徙逃亡的生活，邂逅了另外一座终生难忘的城。

韦庄来到了江南，在这里写下了与江南有关的词。这首《菩萨蛮·人人尽说江南好》记录了他眼里的江南：

人人尽说江南好，游人只合江南老。春水碧于天，画船听雨眠。
垆边人似月，皓腕凝霜雪。未老莫还乡，还乡须断肠。

众人都说江南好，江南最适人终老。只是，这是别人眼里的江南，在韦庄看来，他身为游子，更愿意回到故乡。狐死首丘，落叶归根，功名未得，终是落魄。

唐，他的大唐。

唐昭宗给了韦庄希望。当唐昭宗成为天子后，他大选人才，一心想恢复大唐往日的盛况。韦庄得知后，背起行囊，再次踏上了科举之路。

许是这些年，战事令他灰心，让他忘记了秉烛夜读，也许他早已放弃仕途，总之，他再次落选了。

从年少轻狂，熬到两鬓斑白，他仍不能金榜题名。

好在，大唐回来了。只要国在，他心里总是踏实的。他不再是远方的游子，不用再四处逃亡，与这些相比，是否中试，已经不重要了。

乾宁元年（894），年近六十的韦庄得中进士，被朝廷命为"草诏"的校书郎，开始了他的仕途人生。

唐昭宗复兴大唐后，曾给韦庄下了密诏，派他去调解蜀中两个节使的战争。在调解过程中，韦庄得到了西川节使王建的赏识。他认为，韦庄实乃不凡之人，应该让他为自己效力。

韦庄一心报国，对大唐忠心耿耿，没有答应王建的请求。

光化三年（900）十一月，宦官发动政变，将昭宗囚禁，并假拟圣旨，立太子李裕为帝。得到这个消息，韦庄再次失去了希望。

他从没想过臣服于王建，但一想到黎民百姓，只有接受王建的任命。他安抚百姓，避免再发生内战，同时又想尽一切办法，阻止王建讨伐朱全忠，避免蜀内部发生战争。

然而，大唐的气数真的尽了。纵使他一人运筹帷幄，从中调和并缓解战争，仍不能改变其运数。

天佑元年（904）八月，朱全忠斩杀昭宗。天佑四年（907）三月，哀帝被迫让位于朱全忠，唐王朝再无恢复可能，寿终正寝。

唐虽亡，天下的百姓却依然要活下去。他拥戴王建继帝位，建立了大蜀王朝。没多久，韦庄被委任宰相，后终身仕蜀，官至吏部侍郎兼平章事。

韦庄终于恢复了韦氏一族的荣耀，却不承想江山易主，他的满心抱负，终究未能实现。唯一让他欣慰的，是蜀地百姓对他政绩的争相传颂。

后来，他总算想明白了，只要国家太平，百姓安居乐业，他臣服于谁都无干系。无论江山换了谁来坐，老百姓还是过他们自己的日子。

他突然想到了江南，再次写下了《菩萨蛮·如今却忆江南乐》：

如今却忆江南乐，当时年少春衫薄，骑马倚斜桥，满楼红袖招。

翠屏金屈曲，醉入花丛宿。此度见花枝，白头誓不归。

他终于承认，江南是值得回忆的。他身在江南时，思念着故乡，可现在不但回不到故乡，连江南也回不去了。当年，他是春风得意的少年郎，骑马倚斜桥，英姿飒爽，风流潇洒，引得满楼女子为之倾倒。

那装饰着翡翠的屏风，把幽深的春闺和喧嚣的闹市隔开了。他陶醉在那温柔的地方，恨不得终老于江南，发誓白头也不离开了。

江南、大唐，如同他的青春少年，终究是回不来了。

　　无家可归，无肠可断，连痛也不能的滋味，还真不如狠狠地痛哭一场。至少，他还有苦能言。

　　人生哀至极处，连眼泪也没了；喜至极处，一定会笑得泪眼蒙眬。

　　韦庄走在大蜀王朝的风里，越来越踉跄，身影越来越小。如同他的哀伤，凝结成丹，一粒吞下，肝肠寸断。

　　人生总会有遗憾，只是他没想到自己的遗憾，竟会这样深重。如同他笔下那一位又一位的女子，柔肠早已百结千结，痛断千休与万休了。

　　不是他的故事品不完，是他的痛，无尽，不会完。

22. 往事，知多少

虞美人·春花秋月何时了　李煜

春花秋月何时了，往事知多少？小楼昨夜又东风，故国不堪回首月明中！

雕栏玉砌应犹在，只是朱颜改，问君能有几多愁？恰似一江春水向东流。

又是一出《霓裳羽衣曲》。

昔日，杨贵妃凭借此舞，赢得了李隆基的倾心。今日，大周后凭借此舞，赢得了李煜的青睐。

大周后，能歌善舞，尤善音律，得到《霓裳羽衣曲》的残谱后，与李煜一起研究，才把此谱补充完整。她作霓裳羽衣，跳昔日杨贵妃之舞，此番一舞，后宫众多嫔妃顿时统统失了颜色。

这舞有魔力，能让后宫三千佳丽的帝王，眼中只有她一人，连万里河山、家国天下也看不见了。

这次，莫怪红颜祸国，实在是南唐皇帝无意于帝位。

李煜，南唐中主李璟第六子，善诗文，工书画，丰额骈齿，一目双瞳。他继位后，尊宋为正统，以进贡保平安。

他在平安岁月里，与大他一岁的大周后，莺歌燕舞，醉心诗画。李煜作《念家山》，大周后便谱曲弹奏；他辛苦找来的谱子，她精心设计后，便能舞上一曲；他填词写诗，她与之唱合另半阕……

一次冬日饮宴，酒至半酣，她邀他起舞，他开玩笑说，她必须新谱一曲方可。大周后听完，顷刻间谱好了《邀醉舞破》《恨来迟曲》。李煜听完，对她的爱更深了一层。

假如，国家也如她这般美好，同他与她的爱情一样坚不可摧，那该多好。

李煜并没有得到真正的快乐。宋太祖一次又一次遣人招李煜北上，他均置之不理。

他的愁，他的忧，在饮酒听歌、月夜踏马、歌舞升平时，剪不断，理还乱，是离愁别有一番滋味挂在心头。

他想，他是帝王，只要继续忍耐，赵匡胤总能给他尊严与活路。

公元974年10月，宋军南下。宫门外传来一阵又一阵厮杀声时，笼罩在李煜心头的阴霾挥散不去。他无可寄托，填了一阕《临江仙》：

> 樱桃落尽春归去，蝶翻金粉双飞。
> 子规啼月小楼西，玉钩罗幕，惆怅暮烟垂。
> 别巷寂寥人散后，望残烟草低迷。
> ……

一阕词还未填完，宋军的铁蹄已踏破金陵，李煜的梦也终于破碎了。

其实，从大周后死的那天起，他的梦就已碎了。

他与她相伴十年，最终也没有留住她。

那年，大周后娥皇病了，他日夜伤心难过，衣不解带亲自伺候，只盼她能尽快好起来。谁知，此时，她和李煜最钟爱的小儿子仲宣得急病而去，大周后得知后病情更严重了。

"娥皇，你一定要好起来。"他握着她的手，已泪流满面。

他拭泪间，转身迎上小周后的脸。

女英，已由当年的稚童成长为亭亭玉立的美人。大周后病了太久，他枯萎的身心，在见到小周后那刻起，被再次点燃。

蓬莱院闭天台女，画堂昼寝无人语。抛枕翠云光，绣衣闻异香。

潜来珠锁动，惊觉银屏梦。脸慢笑盈盈，相看无限情。

这首《菩萨蛮》纪念了那日他与小周后相会的场面。他醉了，痴了。她的春光乍泄，令他再次不能控制自己。

夜晚，大周后睡下，她轻除金缕鞋，轻手轻脚地飞奔他所在的宫殿，急匆匆地与他幽会。她来了，他惊觉如梦，欢喜得很。她扑入他怀中，相看无限情。

黄金易求，佳人难得。如今，佳人在怀，他喜不自胜。没多久，他写下另一首《菩萨蛮》，记录她偷偷寻他的场景：

花明月暗笼轻雾，今宵好向郎边去。

刬袜步香阶，手提金缕鞋。

画堂南畔见，一向偎人颤。

奴为出来难，教君恣意怜！

一阕词，他和她的事，众人皆知。大周后卧病在床，自是无人敢向她通报。正因如此，他们毫无避讳，变本加厉起来。李煜对她是真的喜欢，趁着酒光，以香口为题，再次为他们的"爱情"作了一阕《一斛珠》：

晚妆初过，沉檀轻注些儿个。向人微露丁香颗，一曲清歌，暂引樱桃破。

罗袖裛残殷色可，杯深旋被香醪涴。绣床斜凭娇无那，烂嚼红茸，笑向檀郎唾。

李煜就是这样的男子。国家将破，他投入歌舞升平、吟诗作画中；大周后将亡，他投入小周后的怀抱。王国维认为这是他的赤子之心，钟谟则认为李煜，"从嘉德轻志懦，又酷信释氏，非人主才。从善果敢凝重，宜为嗣"。

他不是帝王之才，他德轻志懦。

在他和小周后打得火热时，大周后去了。

李煜从这场艳梦中醒了过来。

原来，并非他逃避，她就不会死。大周后葬礼上，他已形销骨立，悲伤到只能依着拐杖行走。即使过了很多年，他仍不能忘记大周后，屡次作诗遣怀。

当然，李煜也不能失去小周后了。他不仅喜欢她，还因为小周后是他的依靠。他已失去娥皇，如今又怎能舍得失去女英？

三年后，他立小周后为后，恩爱十年。

当赵匡胤的宋军踏破金陵时，李煜的梦再次醒了。

赵匡胤封李煜为违命侯，封小周后为郑国夫人。

国破，天下易主，而他只能成为阶下囚。这次，他仍没有反抗，再次出逃了。他逃到了诗词里，以词寄托他如水的忧愁。

> 帘外雨潺潺，春意阑珊，罗衾不耐五更寒。
> 梦里不知身是客，一晌贪欢。
> 独自莫凭栏，无限江山，别时容易见时难。
> 流水落花春去也，天上人间。

"梦里不知身是客，一晌贪欢。"

当他吟出这句词时，他显然已经清醒了，知道委屈求全不可能了。《浪淘沙》属于豪放派词牌，应有苏轼"大江东去浪淘尽"的气势，然而，落在李煜之口，尽是无限悲伤。

他的悲，他的伤，在滴血；他的语，他的句，在落泪。

他醒了，可又能奈现实何？一切已经太晚了。赵匡胤劝他，他不肯，劝他和亲，他也不答应。

突然，他想起了那阕未填完的词。他的人生已不圆满，他要给《临江仙》一个圆满的结尾。于是，他写下了最后三句："炉香闲袅凤凰儿，空持罗带，回首恨依依。"

上阕绮丽柔靡，不脱"花间"习气，下阕已有无限恨意与痛意。

有些事，终究是回不去了，这阕词可以圆满了，但它的气息终究是断了。

钟谟说得对。李煜志气懦弱，即使到了生死关头，他仍不愿意站起来反抗。南都留守孤臣林仁肇曾经提议，他愿领兵几万人北上，收复失地。如若发生意外，就说他起兵造反，事败后可杀他全家。如果事成，国家便可收复。

已经想好的万全之策，李煜仍旧没有答应。

南唐，在他手上断送了。是命运的不公，还是他不该生在帝王家？

换句话说，南唐的百姓、老臣，谁又能给他们公平？倘若他果真是王公贵胄或黎民百姓，今日南唐的亡国，他又该用怎样的心情去面对？

是满腔怨愤的指责，还是悲戚忧愁一番？

入宋以后，李煜更是把心血付诸词章之上。他词风大变，再也没了旧时宫闱的华丽颓唐。他的词，开始彰显"豪放"，其作品有凄凉悲壮之感，令人痛惜。

四十年来家国，三千里地山河。

凤阁龙楼连霄汉，玉树琼枝作烟萝，几曾识干戈？

一旦归为臣虏，沈腰潘鬓消磨。

最是仓皇辞庙日，教坊犹奏别离歌，垂泪对宫娥。

一首《破阵子》道出了他的无奈，只能垂泪对宫娥。他的愁，他的恨，何时也不能免。他怀念故国，一想到此，只觉双泪垂了下来。

往事成空，还如一梦中。

自古以来，国破家亡的帝王太多，你可以骂他骄奢淫逸，也可骂他残暴成性。唯独李煜，他也骄奢淫逸，纵情声乐，可是，对他竟骂不起来。

他的懦，他的逃避，只会令人无限惋惜与心疼。

昔日项羽垓下战败，虞姬自刎，他得知再无翻身机会，也随着虞姬去了。他的《虞美人》，后入词牌，成为古今使用广泛的词牌。李煜也败了，却只能成为臣虏。他也作了一首《虞美人》：

春花秋月何时了，往事知多少？
小楼昨夜又东风，故国不堪回首月明中！
雕栏玉砌应犹在，只是朱颜改。
问君能有几多愁？恰似一江春水向东流。

《人间词话》中，王国维说："词至李后主而眼界始大，感慨遂深，遂变伶工之词而为士大夫之词。"

世人都说，李煜是位好词人，却不是位好帝王，是帝王之位耽误了他。可如果没有帝王的眼界，没有帝王后宫三千佳人，没有浮靡奢侈的经历，他自是写不出这般深邃的词句。

李煜精于鉴赏，极富藏书。宫中购置图书、画帖数万卷，王羲之、钟繇等书法家真迹甚多。宋军攻陷金陵时，李煜对保仪黄氏曰："此皆吾宝，城若不守，尔等可焚之。"

是皇家之院的见识成就了他。当国破家亡时，他的悲与忧，已到了众人无法体会的境地。后来的词，是他的经历成就了他。

"国家不幸诗家幸，赋到沧桑句便工。"这首千古绝唱《虞美人》，已达到了登峰造极的程度。你只能体会他的忧愁，在一声声叹息中掩卷合书，终不能做到感同身受。

他的愁，犹如一江春水，不断东流，永无尽头。

《虞美人》给李煜带来了灾祸。

他追思往事，怀念故国，并命南唐故妓咏唱，终于传到了宋太宗的耳中。他听到后非常愤怒，不能原谅一位臣虏有"复国"的念头。

太平兴国三年（978）七夕节，是后主42岁生日。宋太宗赵光义赐李煜毒药"牵机"。此药性寒、味苦，服用后，引起全身性抽搐，手脚卷曲，头或俯或仰，好像牵机一般，最后头部与足部相接而亡。

八日晨，李煜薨。

他在忧愁中，终结了一个朝代；他在"一江春水"中，终结了自己。

回顾往事，给他留下的，只有危机四伏的南唐。他能怎么办？

一切终结得太快了，一切都还来不及。这正如那不断奔流的江水，永远来不急喘口气，只能不断地向前、向前，奔腾而去。

那江春水，至今仍在向东流着。而他的愁，至今也不肯终结。

23. 十年生死，不思量也难忘

江城子·乙卯正月二十日夜记梦　苏轼

十年生死两茫茫，不思量，自难忘。千里孤坟，无处话凄凉。

纵使相逢应不识，尘满面，鬓如霜。

夜来幽梦忽还乡，小轩窗，正梳妆。相顾无言，惟有泪千行。

料得年年肠断处，明月夜，短松冈。

有些人，是会记住一辈子的，十年生死，又算什么？

十年，说长也长，说短，不过也是弹指一挥间。然而，对于苏轼来说，十年生死，已足够令他感慨万千。他仍不能放下妻子王弗，十年后，写下了这首悼念亡妻的词。

苏轼写下这首词时，已是宋神宗熙宁八年，年已四十。这是一篇通过"记梦"，引申出下阕怀念亡妻的词。

遥想当年，他19岁，她16岁，他风流才子，她年轻貌美。然而，然而……

苏轼与王弗的相遇，在坊间还流传着一段浪漫的故事。

那年，苏轼到王方执教的中岩书院读书，中岩下有一片绿水。苏轼见此水，曰："好水岂能无鱼。"他拊掌三声，水中鱼儿立即游了上来，因此他给此片绿水取名为"唤鱼池"。王弗是王方的女儿，当苏轼的"唤鱼池"之名传入王弗的耳朵，才知道原来她为此绿水取的名字，也叫"唤鱼池"。

世间竟会有如此巧合的事，不得不说，两人心有灵犀，珠联璧合。

王弗性敏而静，博闻强记，苏轼豪爽大方，自称"眼前见天下无一个不好人"。又言"余性不慎言语，与人无亲疏，辄输写腑脏。有所不尽，如茹物不下，必吐出乃已，而人或记疏以为怨咎……"他与人交往，言语只求痛快，直舒肺腑，非要一吐而尽才好。王弗则谨慎小心、安静，在与人交往中，总能从旁处提点。

据说，苏轼家每有客来，王弗总会躲在屏风后静心聆听。待客人离开后，工弗详细告知苏轼对客人的看法，结果无不言中。

苏轼早年在仕途中青云直上，少不了妻子王弗的帮助。他对王弗很服气，连父亲苏洵都很喜欢王弗。

苏轼名声越来越大，有一位叫温超超的姑娘爱上了他。在《古今词话》中是这样记载的："惠州温氏女超超，年及笄，不肯字人。闻东坡至，喜曰：我婿也。日徘徊窗外，听公吟咏，觉则亟去。东坡知之，乃曰：'吾将呼王郎与子为姻。'及东坡渡海归，超超已卒，葬于沙际。公因作《卜算子》词。"

苏轼因才名远播，俘获了少女温超超的芳心。她读遍苏轼的词，转而爱上了他的人，并说苏轼"我婿也"，遂徘徊窗外，听他吟诗诵词。苏轼知道后，并没有将她纳为小妾，而是要为她找一位如意郎君。可惜，苏轼那时被贬至琼州，温超超的事就此搁浅。等他再回到惠州，温超超因思念成疾香消玉殒了。

　　那时，苏轼已过花甲之年，面对二八少女的追求仍是拒绝的。他后来虽娶王弗堂妹王闰之和朝云，但对王弗的爱与思念从未放下过。温超超以死谢爱，苏轼很难不伤怀。他写下《卜算子·黄州定慧院寓居作》来缅怀温超超。

　　缺月挂疏桐，漏断人初静。谁见幽人独往来，缥缈孤鸿影。
　　惊起却回头，有恨无人省。拣尽寒枝不肯栖，寂寞沙洲冷。

　　痴情女子因痴而伤命。她的爱，她的情，以为都给了他，谁知这情的最终归处却是沙洲。这些年来，他思念亡妻，写下《江城子》，身边的妻子换了闰之，后来又换了朝云，可他的爱与情，又该归于何处了？
　　寂寞沙洲，冷。

　　温氏女子，性子耿直，为人单纯，也许并非苏轼所喜爱的人。那么，多才多艺高贵娴雅的女子呢？

苏轼任杭州通判时，有一次与朋友在西湖宴饮。不一会儿，远处一条彩舟向他们驶来。舟中有一位三十余岁的女子，高贵娴雅，美丽大方。她来到苏轼船前，告诉他，她自幼便听闻苏大人的高名，听说今天他来此地游湖，特意赶来。她不怕别人说她不守妇道，只愿能为他弹奏一曲，聊表她的倾慕之意。

一曲毕，在座众人无不动容。

她恳求苏轼为她填词，他不好拒绝，遂写下一首《江城子·凤凰山下》：

凤凰山下雨初晴，水风清，晚霞明。一朵芙蕖，开过尚盈盈。

何处飞来双白鹭，如有意，慕娉婷。

忽闻江上弄哀筝，苦含情，遣谁听！烟敛云收，依约是湘灵。

欲待曲终寻问处，人不见，数峰青。

初晴的凤凰山下，风淡水清。湖面有荷花，空中有白鹭，它们好像倾慕弹筝人的美丽一样，停留在水面上。湖上传来哀伤的调子，其音悲苦，令人不忍不去。这好像是弹琴人在诉说自己的哀伤。

一曲终了，她已飘然离去。一切恢复如常，唯那哀怨的曲子，还回荡在山水间。

她美若仙子，琴艺精湛，理应视彼此为知音。只是，他无意于她，她走了，留下余音袅袅……

他并非无情，亦非不贪恋美色，只是他明白，人生中有许多人不过是飞鸿踏雪泥，永远留不下什么。

飞鸿不会记得它踏过雪泥，雪泥也不会记得飞鸿来过。他本世间客旅，何须一定要拥有什么、留住什么呢？

王闰之是他后来娶的妻子。她贤惠温顺，知足惜福。有她的陪伴，他的日子虽平平淡淡，倒是多了一份恬静。也正因为她的静，更令他思念聪明伶俐的妻。王闰之说不出什么不好，但总少了一点味道。她陪着他走过了生命中最重要的26年。这几十年，他宦海沉浮，几经起落，她从不抱怨，亦不委屈。

王闰之病故后，苏轼不再续娶，只留朝云陪他终老。

朝云也是一位倾慕苏轼的女子。她跟着他读书写字，聪明乖巧，活泼可爱。一日，苏轼退朝，吃罢，捂着肚子问她："汝辈且道，是中有何物？"

一婢女答："都是文章。"东坡不以为然。又一人答："满腹都是识见。"东坡也觉不够精妙。朝云则说："学士一肚皮不入时宜。"

苏轼听完捧腹大笑，赞道："知我者，朝云也。"

乌台诗案，苏轼获罪，身边婢女纷纷离他而去，唯有朝云一直陪着他。他老了，需要一位这样精灵古怪的少女陪着，逗逗趣，日子才有点朝气。

"一肚皮不入时宜。"

几十年了，他从未变过，然而，那个伴他"入时宜"的人却不在了。死去的人已是茫然无知，而活的人却无不活在怀念她的愁绪中。

十年了，过去的事，"不思量，自难忘"。这一路，他遇到了太多女子，却再无人隔屏听他言，从旁协助了。他不常常想起她，却从没忘记过她。他只将她留在心里，独自一人时，盼她入梦，"相顾无言，惟有泪千行"。

那些年，王弗病逝，苏洵也病逝，苏轼在家乡为父守孝三年。那三年里，他在埋葬王弗的山上，亲手栽下了三万株松树。

那大片的绿，如同他遇见她时的那汪绿水。这绿，已无须言爱。

24. 鸿飞那复计东西

和子由渑池怀旧　苏轼

人生到处知何似，应似飞鸿踏雪泥。

泥上偶然留指爪，鸿飞那复计东西。

老僧已死成新塔，坏壁无由见旧题。

往日崎岖还记否，路长人困蹇驴嘶。

有时候总在想，到底是人生太过坎坷，还是自己内心愤愤不平、不甘心，才让眼前的事变成了一道又一道的坎儿？

仕途不顺，江山动摇，已是定数，人虽不能改变环境，但绝对可以改变自己。苏轼的一生，可谓历尽沧桑，他被一贬再贬，后又经历乌台诗案，人生算是跌至最低处。然而，他在那样的环境中，依旧写诗作画，甚至认为日子过得好极了。

黄州、惠州是中原人士十去九不还的鬼门关，那里"盖地极为炎热，而海风甚寒，山中多雨多雾，林木阴翳，燥湿之气不能远，蒸而为云，停而为水，莫不有毒"（《儋县志》）。一开始，他极不习惯，食无肉，病无药，居无室，出无友，冬无炭，夏无冰，更无纸墨。在此环境中，苏轼对生活曾一度失去兴趣，后来他斋心炼神，坐禅养性，慢慢将此苦生活变成了"好日子"。

他结交了新朋友，还与好友凑钱买屋，并发出感慨："上可陪玉皇大帝，下可陪卑田院乞儿。"他有茅屋五间，四周尽是桃椰树，他以叶书铭，汲水烧茶，并教化众生，宣传文化。

与仕途不顺便醉生梦死、虚度人生的杜牧相比，苏轼始终是逍遥的。他随时提起，随时放下。国家需要他时，他挺身而出；国家不需要他时，他退回平凡生活中，研究东坡肉、东坡肘子，煮茶参禅，写诗作画练书法。

他的一生，几乎没有坎儿。因为在他看来，有坎的是心，不是人生。

苏轼的童年，是在书本中度过的。父亲苏洵每日为他布置功课，让他中断了儿时的嬉戏游戏。他读《春秋》，也读诸子百家，但最喜欢的是《庄子》。他说："吾昔有见于中，口未能言，今见《庄子》，得吾心矣。"

他认为，庄子所表达的思想，正是他心中的所思所想。他苦于没有适合的语言表达，是庄子替他说了出来。所以，道家的"逍遥"和隐士文化，对苏轼的影响很深。他后来学习佛家，参禅打坐，深入经藏，修心对他来说是重中之重的事。

苏轼年少时读书很刻苦，他曾将120卷的《汉书》手抄两遍，既加深了记忆，又练习了书法，这些童子功让他以后受用无穷。他担任翰林学士知制诰时，起草过800多道诏命，不仅文字优美，而且史料和典故信手拈来，运用自如。

他的聪颖，令苏洵深感自豪。只是，苏轼个性纯真、坦率、真挚，令父亲十分担心。他多次劝解苏轼，希望他收敛锋芒，但他如何也不肯改正。正因为如此，他一生被贬数次。

苏轼也有苍凉愁苦的时候。

熙宁六年，常州、润州发生严重水灾，他受命前往此地发放灾粮。这次形势严峻，他整整七个月奔波于常州、润州各地，勤勉地处理赈灾事务，连除夕之夜也不能归家。常州城外，他在荒野中写下了《除夜野宿常州城外二首》：

　　重衾脚冷知霜重，新沐头轻感发稀。
　　多谢残灯不嫌客，孤舟一夜许相依。

在除夕的夜晚，他一人独守孤舟，只有那残灯不嫌弃他，陪着他。四野苍凉，四处无声，他在无边黑暗的包裹下，低沉吟诗，默默垂泪。

他思念远方的亲人、家人，只有这个时刻，他才感觉到一半是孤寂的、苍凉的。事实上，他也在替常州、润州的百姓哀愁。除夕之夜，因灾情，百姓不能安居乐业，他又如何能高兴得起来？

后来，苏轼有相当长的一段时间在处理各种灾情。为旱灾、蝗灾求雨，为民请命，远赴穷乡僻壤，解救百姓脱离水火。

那些年，他过得闷闷不乐，整日愁眉苦脸。他一直在寻求解决问题之道，却始终找不到答案。

直到他再读《庄子》，终于豁然开朗。从此，他的心态开始改变，精神和人生也得到了极大的自由。他在《后杞菊赋》中提出了几个问题："人生一世，如屈伸肘。何者为贫？何者为富？何者为美？何者为陋？"

从此，"人生所遇无不可""我生百事常随缘"成了他的人生信条。他在《超然台记》中写道："夫所为求福而辞祸者，以福可喜而祸可悲也。人之所欲无穷，而物之可以足吾欲者有尽。美恶之辨战乎中，而去取之择交乎前，则可乐者常少，而可悲者常多，是谓求祸而辞福。夫求祸而辞福，岂人之情哉？物有以盖之也矣。"

无穷无尽的欲望，会使人患得患失，哪有什么求福避祸，只会变成求祸避福。

苏轼虽不再求福，却不能阻止祸从天降。

他自幼爱写诗，后又喜欢填词。当他的诗词被小人盯上后，顷刻间，他因诗获罪。他在狱中经历了两个月的折磨，"小人"认为，只要他屈打成招，就一定会被定为死罪。宋神宗一方面恼怒苏轼恃才狂傲、讥讽百出，另一方面又欣赏他的才华，不忍随意加害。太祖曾留有"不得杀士大夫与上书言事人"的规矩，使得宋神宗不敢轻易违背祖宗先训。

过了没多久，宋神宗颁发大赦天下的诏令，苏轼这才保住了性命。他在狱中度过了整整130天，经历了生死，他对人生的各种遭遇，看得更开了。所以后来，苏轼写下《洗儿》一诗，表达了他对儿子的期望：

> 人皆养子望聪明，我被聪明误一生。
> 惟愿孩儿愚且鲁，无灾无难到公卿。

平凡即福，平淡即福，平安即福。二十年的仕宦生涯，功业、抱负、理想，不过是镜中花、水中月，不过是"平生为口忙，老来事业转荒唐"。他开始去南寺沐浴，从中感悟人生哲理。后来，他终于体会到"尘垢能几何，翛然脱羁梏。披衣坐小阁，散发临修竹。心困万缘空，身安一床足"（《安国寺浴》）。

苏轼在黄州时，当地气候的原因，经常出现接连不断的死亡和变故。他为了生活下去，对道家的养生术产生了兴趣。他在《答秦太虚》中说："吾侪渐衰，不可复作少年调度，当速用道书方士之言，厚自养炼。"

随后，他花了大量时间研究养生术，冬至后又闭关修炼了七七四十九天，靠着坚强不屈的精神，他在那样恶劣的环境中活了下来。

在苦难中，苏轼日益强化养生术，又将儒家、佛家思念联系在一起，由内而外完成了蜕变。此后，坎坷与磨难于他而言，"已将地狱等天宫"。他在长江流出的地方，修舍建亭，用以观赏长江美景，并给亭子取名为"快哉亭"。在他看来，人生境遇时好时坏，只要心中坦然，心怀坦荡，不被外界伤害，不以境遇扰乱心绪，人生也如这长江之水，并无忧愁可言。正所谓："莫听穿林打叶声，何妨吟啸且徐行。竹杖芒鞋轻胜马，谁怕？一蓑烟雨任平生。料峭春风吹酒醒，微冷，山头斜照却相迎。回首向来萧瑟处，归去。也无风雨也无晴。"（《定风波》）

昔日，李煜"恰似一江春水向东流"，今日，苏轼"也无风雨也无晴"。无论遭遇何种境地，苏轼已能做到心境不变，不再杞人忧天。

同样是"长江之水"，心境变了，就什么都变了。

后来，苏轼旧地重游南渑池时，想起了曾经上京参加科举考试的事。那时，他心生感慨，题壁写诗。等他再来到此地，题诗墙壁脱落，寺院的老和尚也已去世。世事无常，人生能留下什么？于是，他写了这首《和子由渑池怀旧》：

> 人生到处知何似，应似飞鸿踏雪泥。
>
> 泥上偶然留指爪，鸿飞那复计东西。
>
> 老僧已死成新塔，坏壁无由见旧题。
>
> 往日崎岖还记否，路长人困蹇驴嘶。

每次有人引用此诗，都喜欢将重点放在"应似飞鸿踏雪泥"上。意指人生留下爪痕，不过是偶然为之。正如人生一遭，没有定数，不过是偶然为之。人生留不下什么，都会随冰雪而融化。而我更喜欢将重点放在"鸿飞那复计东西"这句上。因为前一句，是已懂得人生的意义，后一句才是人生的境界。

这正如年少时的苏轼，他纵然懂得人生要"逍遥"，但遇到坎坷时，要做到放下显然很难。因为很多时候，懂得不代表可以做到。当他经历生死、苦难，才终于深刻地明白，人生真的留不下什么。

　　鸿鹄不记得它曾经在雪地上留下过爪痕，我们的人生，也早已放下，再无包袱，毫无痕迹。

　　这世间，就像从未来过，一切，也像从未发生过。

25. 天若有情天亦老

减字木兰花·伤怀离抱　欧阳修

伤怀离抱，天若有情天亦老。此意如何？细似轻丝渺似波。

扁舟岸侧，枫叶荻花秋索索。细想前欢，须著人间比梦间。

从古至今，仕途不畅者比比皆是。前有嵇康、潘安，后有杜牧、苏轼。嵇康俊逸飘然，无惧人间风雨；潘安貌美有才，为仕途铤而走险；杜牧　生，醉生梦死，留得青楼薄幸名；苏轼半生潇洒自在，活出了禅味。

欧阳修一生也可谓历经坎坷，然而，他面对人间风雨，用的是一种风趣诙谐、赏玩、驱遣豪兴的态度。他从不被忧患伤害，更不会被它击败。他喜欢自嘲，取别号为"醉翁"，于是写下了著名的《醉翁亭记》。

他是那种在任何状态下，都可以自得其乐的人。他被贬后，写信给同时被贬的好友尹师鲁，信中不见一句"戚戚之辞"。

他说："醉翁之意不在酒，在乎山水之间也。山水之乐，得之心而寓之酒也。"

仕途、山水、酒，不过是心的寄托。好与坏，仕途顺畅与否，与心并无关系。只要你能自得其乐，身在何处、何境不能快乐？

　　欧阳修幼年丧父，与母亲相依为命，随后投奔远在湖北随州的叔叔。叔叔家境普通，不能给欧阳修母子提供特别的帮助，母亲郑氏只能教欧阳修在沙地上读书写字。欧阳修喜欢读书，常从邻居家借书抄读。他刻苦勤奋，又天资聪颖，读过的书，不等抄完已能背诵。

　　叔叔见他习作诗赋文章，文笔老练，如同成人，便认为他是奇才，以后不仅可以光宗耀祖，还能闻名天下。

　　起初，他的才华不得朝廷赏识，两次参加科举，都意外落榜。直到天圣八年（1030）才考中进士。据考官晏殊说，欧阳修当时未能夺魁，其原因是他锋芒毕露，众考官想挫其锐气，助他成才。

　　那几年，欧阳修不仅高中，还迎娶良妻，人生可谓是顺风顺水，春风得意。他经常与同僚游山玩水，吃喝玩乐，吟诗作赋，甚至携厨子和歌妓去山中赏雪。那时，他得遇一位红颜知己，他对她倾慕万分。只是，种种原因，他必须离开她。因此他为她写下了《减字木兰花·伤怀离抱》：

　　伤怀离抱，天若有情天亦老。此意如何？细似轻丝渺似波。
　　扁舟岸侧，枫叶荻花秋索索。细想前欢，须著人间比梦间。

　　离人的怀抱只有伤心，苍天若是有情感，也定会因离别衰老而去。这是一种什么样的情感呢？它有时细如丝般纤细、缠绵悠远，有时又如波涛一般不停地涌上心头。扁舟停在岸边，枫叶、芦花在秋风中索索，行人告别离去。此时，他想起她来，相聚时的欢乐，终究是散去了。

　　若想回到从前，除非将人间改为梦里。"人生自是有情痴，此恨不关风与月。"人，因情而识，因情而痴，爱或恨，与风花雪月、良辰美景无关，只与你有关。

欧阳修的仕途，与人生、与他，似乎也无关。

他们一班喜好游山玩水的青年才俊后来引起了王曙的不满。他把欧阳修等人召集起来，严厉地批评他们，称耽于享乐的寇准被罢官，而他们这班人与寇莱公无可比拟，将来的仕途可想而知。众人被骂得默不作声，只有欧阳修年轻气盛，不服气地说："寇莱公之所以被贬，不是因为耽于享乐，而是一把年纪不懂退隐之过。"

王曙听完，气得说不出一句话来。

洛阳丰富的游乐生活，给欧阳修奠定了一生的文学基础。后来，他被贬时，还深情地说："曾是洛阳花下客，野芳虽晚不须嗟。"正因他曾经在洛阳享受过绚烂的青春，所以现在被贬至穷乡僻壤也没有关系。

欧阳修一生喜欢交朋友，喜欢喝酒，甚至把"座上客常满，樽中酒不空"当成座右铭。后来，他在丰乐亭当太守时，曾写《丰乐亭游春》诗说："春云淡淡日辉辉，草惹行襟絮拂衣。行到亭西逢太守，篮舆酩酊插花归。"意思是说，你若到丰乐亭游玩赏春，在路上遇见一个坐着竹轿子、喝得酩酊大醉且头上插满鲜花的人，那人就是当地的太守欧阳修，也就是我。

真是"世人笑我太疯癫，我笑世人看不穿"。

当欧阳修负担起社会责任，日渐发现北宋王朝的弊病，贫富差距大、社会矛盾激化等问题，他认为是冗官冗员导致的。于是，他和范仲淹呼吁改革，却在改革中遭受打击，被贬饶州。后来，他一直提倡改革、革新等主张，但在守旧派的阻挠下，他们的新政屡次遭到失败。他因此继续被贬，不过他仍不改昔日自得其乐的心性。

他在滁州时，保持着轻松慵懒的态度，写下了《醉翁亭记》。在他的"宽简"政策下，滁州反而被他治理得井井有条。年轻时，他因离别而伤痛，伤感地说："天若有情天亦老。"晚年，他面对种种苦难与失落，全部用乐呵呵的心态来应对。他在《渔家傲》一系列词中，写下了他的兴致情趣。"群芳过后""狼藉残红""飞絮濛濛"等在众人看来，是令人感伤的场景，然而，他依旧认为是美好的。这种美，并非视觉的享受，也并非他不懂人生，而是在他心灵深处，一切不过是一个物体的两面。

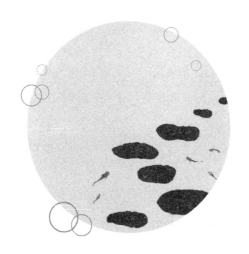

只要他的心不为所动，"空"就从未变过。有人说，欧阳修是认识了"空"性的开悟者，所以他才能坦然面对人生的盛衰、得失与荣辱。然而，他的"空"与佛家的"空"又有些不同。佛家的空，指小乘开悟，认识到了四大皆空，可以跟物质世界请假，暂时不再来了。欧阳修的"空"，更倾向于"天行建，君子以自强不息"。"本体"一直在不断地运转，它如此活泼可爱，人生又何必悲观呢？

天地沧桑，春去春回，我们本就留不住什么。就如他暮年回到城郭，看到曾经治理的人民，举目望去皆不相识，便发出感慨。

采桑子·平生为爱西湖好

平生为爱西湖好，来拥朱轮。富贵浮云。俯仰流年二十春。

归来恰似辽东鹤，城郭人民。触目皆新。谁识当年旧主人。

欧阳修生平最喜欢西湖的风光，在这里出任过最高长官。曾经的富贵如浮云般不知不觉已过了二十个春秋。这次归来，他就像离家化鹤归来的仙人丁令威，无论是城郭还是人民，一切都是新的。谁还记得他呢？他曾经是这里的主人啊！

他收拾起悲伤，将此感伤的心情留于"道"上。"道"从不为悲伤或喜悦停留，它一直向前，永远推动着一番又一番的轮回、一个又一个新生。

晚年，欧阳修自号"六一"，即琴一张，棋一局，酒一壶，书一万卷，金石佚文一千卷，以我一老翁，老于此五物之间，故自号"六一"也。

抛却人间名利，寄情山水、诗酒、琴棋书画，老翁自得其乐也。

"天若有情天亦老"，天不无情，也不多情，何必将情寄于天？他只有当下，将此心放在了一分一秒上。王国维在《人间词话》中说他"豪放中有沉重之致"。

这一分一秒的赏乐，就是他的"致"了吧！

26. 人至高处，一眼望尽天涯路

蝶恋花·槛菊愁烟兰泣露　晏殊

槛菊愁烟兰泣露，罗幕轻寒，燕子双飞去。明月不谙离恨苦，斜光到晓穿朱户。

昨夜西风凋碧树，独上高楼，望尽天涯路。欲寄彩笺兼尺素，山长水远知何处？

宋人方岳诗云："不如意事常八九，可与人言无二三。"可见，一帆风顺者，世间少有。但少有，并非没有。至少在后人看来，晏殊的一生是平安顺遂的。虽然他晚年也经历了被贬的命运，但因为他聪明智慧，懂得自保，加上人生境界之高，仕途的不顺在众人看来，简直是不值一提的小事。

王国维曾说："古今之成大事业、大学问者，必经过三种之境界：'昨夜西风凋碧树，独上高楼，望尽天涯路。'此第一境也。'衣带渐宽终不悔，为伊消得人憔悴。'此第二境也。'众里寻他千百度，蓦然回首，那人却在，灯火阑珊处。'此第三境也。此等语皆非大词人不能道。然遽以此意解释诸词，恐为晏欧诸公所不许也。"

在众多词人中，晏殊的词被王国维列为三重境界之一，可见他不仅肯定了晏殊的词，还肯定了晏殊的人生境界。

当晏殊"独上高楼"时，他到底望见了什么？

据《宋史》记载，晏殊7岁能文，14岁以神童闻名。那年，他参加科举，神色毫无胆怯，并很快地答完试卷，得到了宋真宗的赏识，赐同进士出身。过了两天，再进行诗、赋、论的考试时，晏殊上奏说："这些题我曾做过，请拿其他的题目来测试我。"一时间，宋真宗对他另眼相看，授其秘书省正事，留秘阁读书深造。

从此，他的仕途被推着一路前行，想停都停不下来。父亲去世，他回家守孝，服丧期未满即被召回任职。后母亲去世，他请求服丧期结束再任职，被皇帝生生驳回。众人只尝过仕途不畅的苦，谁又能懂得不能归家尽孝之苦？

乾兴元年（1022），12岁的宋仁宗继位，刘太后听政。皇帝年幼，宰相丁谓、枢密使曹利用想趁此机会独揽大权。朝中众官束手无策，晏殊提议"垂帘听政"，此建议得到了众大臣的支持，使刘太后和宋仁宗化解了尴尬境地，同时也帮他们稳住了江山。

晏殊一出手，再次得到了宋仁宗和刘太后的赏识。尽管如此，他还是因反对张耆升任枢密使，违反了刘太后的旨意，加上在玉清宫的暴力举动，被御史弹劾。

这小小的风波，对他的仕途并没有造成太大的影响，他依旧享受着他的风头与富贵人生。

晏殊生于太平时代，无开疆拓土之功，也无拨乱反正之劳。他为官期间唯一能做的，便是重视文化，大力扶持书院。他上书朝廷，建议整顿财赋制度，为百姓造福。

晏殊是"太平宰相"，无须整日为国家的衰落而忧愁。为官之余，他喜欢晏请宾客，"未尝一日不宴饮，每有嘉客必留，留亦必以歌乐相佐"。他为人豁达，待人以诚，有志之士皆愿与他往来。他在饮酒作乐、觥筹交错中，写下了一首又一首的词。

浣溪沙·一曲新词酒一杯

一曲新词酒一杯，去年天气旧亭台，夕阳西下几时回。

无可奈何花落去，似曾相识燕归来，小园香径独徘徊。

听歌饮酒，歌舞升平，是人间至乐。然而，他是悲哀的。"对酒当歌，人生几何。譬如朝露，去日苦多。"晏殊和曹操一样，有着对人生、时光流逝的无奈。春花落去不再复返，只有似曾相识的燕子，来年春天还会归来。

他独自在园中的小径徘徊，感叹着时光的无情。

历经坎坷的人，对人生发出感慨，是一件令人沉思的事。而晏殊的痛苦与悲哀，众人却讥讽他是"富贵显达之余的无病呻

吟"。他时而惆怅，时而哀伤，时而念旧，时而相思，对人生真有多情的锐感吗？

　　一个人，再聪慧过人、实力超群、明谋善断、富贵显达，也要接受亲人离去、时光无情的事实。无论贫穷与富贵，在时间面前，在亲人面前，所有人都是平等的。晏殊的情感，也许不够奔放激烈，却是对平静人生发出的心灵震颤。

　　当晏殊受"狸猫换太子"的事件牵连时，经历过风浪的他，很难不对人生有一番更深刻的体悟。

　　当年，宋真宗年长无子，他正为此事烦闷时，李宸妃和刘妃相继怀孕。宋真宗对她们承诺，谁若产下太子，便立谁为后。一石激起千层浪，后位之争在宫廷内上演了。李宸妃先生产，刘妃怕李宸妃产下太子，夺取后位，便勾结太监郭槐，买通接生婆，用狸猫换了李宸妃所生的太子。

　　为绝后患，刘妃命下人将太子丢入护城河，并对李宸妃下手，将其致死。当李宸妃死去，晏殊奉命所写下的墓志铭上，只说李宸妃诞下一女，早卒，无子。后来刘皇后去世，当年的旧事被翻出来，有人上言告晏殊隐瞒天子身世，晏殊因此被罢黜贬谪。

　　有人认为，这件事并非晏殊之罪。以当时情况来看，换谁写墓志铭都会这样下笔。

　　五年后，晏殊被召回京都，但此时的朝廷，已不再是他的天下。不久，因人告他利用公差修缮私宅而遭贬斥。那时，他写下了《山亭柳》：

　　家住西秦，赌博艺随身。花柳上、斗尖新。偶学念奴声调，有时高过行云。蜀锦缠头无数，不负辛勤。

　　数年来往咸京道，残杯冷炙谩销魂。衷肠事、托何人？若有知音见采，不辞遍唱《阳春》，一曲当筵落泪，重掩罗巾。

　　此词，晏殊借人抒发他的抑郁不平之气。她"家住西秦，赌博艺随身"。凭借自身才华与技艺赢得了众多欣赏者。众人以酬答谢，她也为自己没有辜负听众、没有辜负自己而欣慰。

　　当她红颜老去，其才华虽不减当年，但她再不是当年的她。如今，她得到的只有别人的残羹剩饭。然而，这世间再没有懂她的人了，她情不自禁地"当筵落泪"，并连忙"重掩罗巾"，不愿他人看见自己的悲哀。

　　晏殊才情依旧不减当年，可这世间还有赏识他的人吗？他如同这老去的红颜，终究被历史、被朝廷，推到了无人问津的境地。

　　晏殊写《蝶恋花·槛菊愁烟兰泣露》时，所用的也是女子的视角，主题却是离愁与"闺怨"。

　　槛菊愁烟兰泣露，罗幕轻寒，燕子双飞去。明月不谙离恨苦，斜光到晓穿朱户。

　　昨夜西风凋碧树，独上高楼，望尽天涯路。欲寄彩笺无尽素，山长水远知何处。

　　她在思念远在天边的恋人。离愁别恨生，深闺寂寞苦。秋去春来，年年岁岁，红颜老，岁月去，明月却从不懂她的离恨之苦。秋天又来了，凋零了绿树。她独自登上高楼，望着那消失在天边的道路。她想给他写一封信，可高山连绵、碧水无尽，她不知道他究竟身在何处。

她的信无处可寄，晏殊的人生，又能寄向哪里？仕途？归隐？抑或是归去？

他老了，只有离愁与"闺怨"。他站在高处，一眼望到了天涯路，也望尽了自己的归路。他纵然富贵一生，但仍逃不脱生死。

远方的恋人，总能等到她归来的那天。他呢，却再无回头之路。

看透生死，人生已解脱大半。只要解脱了自己，人生也自然会走到高处。

此后，他只会"怜取眼前人"，过好自己的余生。

谁说他无人赏识，至少欧阳修是他的知音。欧阳修说他入仕："遂登馆阁，掌书命，以文章为天下所宗。"后来又"由王官宫臣，卒登宰相。凡所以辅道圣德，忧勤国家，有旧有劳，自始至卒，五十余年"。

晚年，晏殊仍孜孜不倦地读书。世人说，他得到了人间少有的富贵、平安、自由。富贵、平安，他也许早已得到，但他望尽天涯路时，他才获得了真正的自由。

27. 为伊消得人憔悴

蝶恋花·伫倚危楼风细细　柳永

伫倚危楼风细细。望极春愁，黯黯生天际。草色烟光残照里，无言谁会凭阑意。

拟把疏狂图一醉。对酒当歌，强乐还无味。衣带渐宽终不悔，为伊消得人憔悴。

柳永，一时间成了街头巷尾人人唱诵的人。当然，唱的不是他的人，而是他的词。那时，他的词曲传遍天下，号称"杨柳岸边，凡有井水饮处，即能歌柳词"。宋人笔记说："柳耆卿为举子时多游狭邪，善为歌辞，教坊乐工每得新腔，必求永为辞，始行于世。"

柳永成名，苏轼都是羡慕的。据《吹剑续录》记载："东城在玉堂，有幕士善讴，因问：'我词比柳词何如？'对曰：'柳郎中词，只合十七八女郎，执红牙拍板，唱："杨柳岸，晚风残月"；学士词须关西大汉，执铁板唱："大江东去"。'公为之绝倒。"

能让苏轼"嫉妒"的词人，柳永可见一斑。

所谓成也萧何，败也萧何，柳永靠词扬名天下，也因词而毁了一生。

柳永初名柳三变，后改名柳永，字耆卿。因家中排行第七，又称柳七。他自幼立志功名，后因词得罪宋仁宗，使得他一生辗转各地，仕途也未能通达。那些年，柳永颇有盛名，他的一首《鹤冲天·黄金榜上》传入了宋仁宗的耳朵。当宋仁宗读到"才子词人，自是白衣卿相""忍把浮名，换了浅斟低唱"时，宋仁宗大怒道："就让他且去浅斟低唱，何用浮名！"

柳永落榜，又得知皇帝大怒，只好称自己"奉旨填词柳三变"。这并非他的自嘲，而是他一心仕途，只想以狂妄的态度来发泄自己的不满。

柳永仕途不顺，还有一个重要原因。因他谱歌词，士大夫们认为他品格卑下、词语淫秽，不能成为朝中重臣，所以朝中也无人愿意提携他。

为了仕途，柳永曾想走旁门左道。他与孙何为布衣之交，孙河居两浙转运使，驻节杭州。柳永功名失意，欲见孙何无由，遂作《望海潮·东南形胜》一词，期望相熟的歌妓在宴会上献唱时，能将此词唱给孙何听。

望海潮·东南形胜

东南形胜，三吴都会，钱塘自古繁华。烟柳画桥，风帘翠幕，参差十万人家。云树绕堤沙，怒涛卷霜雪，天堑无涯。市列珠玑，户盈罗绮，竞豪奢。

重湖叠巘清嘉。有三秋桂子，十里荷花。羌管弄晴，菱歌泛夜，嬉嬉钓叟莲娃。千骑拥高牙。乘醉听箫鼓，吟赏烟霞。异日图将好景，归去凤池夸。

歌妓在宴会上反复吟唱，终于引起了孙何的注意。他问此词的作者，歌妓说是柳三变所作。孙何将柳永叫来，请他饮酒对词，但并未说任何提拔柳永的话。

柳永对仕途，再次感受到无望。

王国维说，"衣带渐宽终不悔，为伊消得人憔悴"，乃一境界也。柳永为仕途，尝尽人间百味，终生流浪四方，其中酸楚怕只有他自己知道。当他写下《蝶恋花·伫倚危楼风细细》时，众人以为他写情，又有谁知道，他只是借恋情抒发自己对仕途的感慨呢。

伫倚危楼风细细。望极春愁，黯黯生天际。草色烟光残照里，无言谁会凭阑意。

拟把疏狂图一醉。对酒当歌，强乐还无味。衣带渐宽终不悔，为伊消得人憔悴。

他也立上了高楼，在栏杆上望不尽春日的离愁。沮丧、忧愁的心绪，从无边的天际升起，碧草、云霭映在落日的余晖里，无言的他，也无人能懂他此时倚在栏杆上的心情。

他打算尽情放纵喝个一醉方休。对酒当歌，肆意欢笑，仍是觉得没有意味。他日渐消瘦下去，也从不为自己的悲伤而感到懊悔。他宁愿继续为她消瘦下去，为她神情憔悴。

柳永借思念之人的口吻，写出了他漂泊异乡落魄的感受。在中国文学史上，已有"悲秋"的题材，他将传统与个人的悲结合起来，在词中开拓出了"秋士易感"的内容。像《八声甘州》便是此类词的代表。

对潇潇暮雨洒江天，一番洗清秋。渐霜风凄紧，关河冷落，残照当楼。是处红衰翠减，苒苒物华休。惟有长江水，无语东流。

不忍登高临远，望故乡渺邈，归思难收。叹年来踪迹，何事苦淹留。想佳人、妆楼颙望，误几回、天际识归舟。争知我，倚阑杆处，正恁凝愁。

赵令畤在《侯鲭录》中说："东坡云：'世言柳耆卿曲俗，非也。'如《八声甘州》之'霜风凄紧，关河冷落，残照当楼'，此语于诗句不减唐人高处。"

柳永一生"奉旨填词"，在创新上起到了承前启后的作用。后来，他又将赋法融入词中，故其抒情词又带着叙事的色彩。他的词，事中有人，情由事生，后来的秦观、周邦彦也受他的影响颇深。纪晓岚在《四库全书总目提要》中写道："诗当学杜诗，词当学柳词。"

多年漂泊的柳永，对仕途灰了心，彻底顺应天意，决心"下流"。他开始流连于烟花之地，与伶人妓女常往来。他并非杜牧般的醉生梦死，而是谨守天意，一路欢歌，继续作词谱曲。

妓女，不过是男子寻欢作乐的玩偶，古时少有男子尊重妓女者。然而，柳永不同，他对妓女是真的喜爱。他博学多才，聪明绝顶，妙解音律，这样的风流才子，肯听她们的哀曲，肯真心相待，妓女对他怎能不爱？

柳永的大名，叫得更响了。"不愿君王召，愿得柳七叫；不愿千黄金，愿得柳七心；不愿神仙见，愿识柳七面。"他怜惜妓女，又何尝不是在怜惜自己？同是天涯沦落人，仅此而已。

柳永为妓女写了太多词。写她们的内心苦楚，写她们的相思寂寞，甚至将妓女从倡与文人出仕相提并论。他着眼于"小人物的痛楚"，使得朝臣压抑他，皇帝不喜欢他，士人看不起他。而他沦落烟花之地的行为，更是令士大夫们所不齿。

他这一生，为"伊"消得太憔悴。

晚年，柳永贫穷潦倒，身无分文，虽历任县令、判官等职，但仍未实现仕途畅达。他死去时，"葬资竟无所出"，是妓女们一起安葬了他。此后，每逢清明，便有妓女载酒于柳永墓前，来举行"吊柳会"。

"吊柳会"，也叫"上风流冢"。没有祭奠过柳永的风尘女子，是不敢到乐游原上踏青的。此后，"吊柳会"成为一种风俗，一直持续到宋室南渡，才逐渐淡却。

后人为柳永墓提诗云："乐游原上妓如云，尽上风流柳七坟。可笑纷纷缙绅辈，怜才不及众红裙。"

柳永确实有才，但他的词将他的仕途"淹没"了。当年，他一阕《望海潮》，谁又能想到让金兵踏入中原大地呢。据罗大经《鹤林玉露》载："孙何帅钱塘，柳耆卿作《望海潮》词赠之云'东南形胜'云云。此词流播，金主亮闻歌，欣然有慕于'三秋桂子，十里荷花'，遂起投鞭渡江之志。近时谢处厚诗云：'谁把杭州曲子讴？荷花十里桂三秋。那知卉木无情物，牵动长江万里愁！'"

他的词，不仅"淹没"了自己，后来还"淹没"了大宋王朝。可是，谁人识柳永呢？"可笑纷纷缙绅辈，怜才不及众红裙。"

伊识他！也正因为千红的哭、万艳的悲、坊间的吟唱，才让我们认识了柳永。谁人不逢低谷，谁人不逢君不识，谁人不逢不相知？

在情感面前，人人是柳永。自古至今，那缙绅辈不如意的少吗？低声吟唱的少吗？

他们不是不识柳永，而是柳永太真实，真实到必须"正衣冠""正危坐"，才能将那情感隐藏。然后，好站在制高点指责"柳永"们。

真正憔悴的不是"柳永"们，是那些懂得画皮术的人。

28. 离别后，几回魂梦与君同

鹧鸪天 晏几道

彩袖殷勤捧玉钟，当年拼却醉颜红。

舞低杨柳楼心月，歌尽桃花扇底风。

从别后，忆相逢，几回魂梦与君同。

今宵剩把银釭照，犹恐相逢是梦中。

许多年后，当晏几道回忆起曾经的少年时光时，心里仍是自豪的。他即使再潦倒落魄，晏家仍是风光一时的贵族。凭借这点骄傲，他一生从不肯低头，即使后来好友黄庭坚说他痴，他仍要做个痴人。

痴，有什么不好？痴能让他活在晏家的旧梦里，活在红颜的温柔臂弯里。好梦由来不易醒，他用半生做着不愿醒来的梦。

晏几道自信自己的才华。他自幼聪颖过人，潜心六艺，旁及百家，文才出众，继承了父亲晏殊的种种天分。父亲晏殊给了他无尽的宠爱，他是在绮罗脂粉、珠围翠绕、锦衣玉食中长大的。写词作赋，纵横诗酒，下棋画画，是他本该享受的生活。

可叹，好梦不长。

他出生时，父亲官居相位，他享尽荣华；他长大后，父亲的离世，他体会到了树倒猢狲散的悲凉。一时间，他的心冻住了，时光也仿佛凝固了。

他的一生，在那一瞬间也仿佛戛然而止了。

晏殊才华横溢，聪明好学，在仕途上进可献出锦囊妙计，退可自保性命与官职。他的一生，虽然也曾被贬，但至少保住了晏家尊严。晏几道继承了父亲的才华与聪慧，在仕途上却少了父亲的功绩和气魄。他曾靠恩荫为太常寺太祝，却因词获罪。若不是宋神宗相信晏家，晏几道至少要吃几年牢狱之苦。

晏家家境每况愈下，晏几道在仕途上，却再也站不起来。他厌倦了做官，宁愿一生清洁，也不愿再蹚这趟浑水。所以，后来黄庭坚称晏几道是"人杰"，也说他痴亦绝人："仕宦连蹇，而不能一傍贵人之门，是一痴也；论文自有体，不肯作一新进士语，此又一痴也；费资千百万，家人寒饥，而面有孺子之色，此又一痴也；人百负之而不恨，己信人，终不疑其欺己，此又一痴也。"

在仕途上，他不愿阿谀奉承，借晏家势力，是一痴；文章写得自有体系，却不愿参加科考，又是一痴；一生花钱无数，家人却饿出孺子之色，更是痴；被人欺骗一次又一次，而不恨他，仍以诚相待，痴透了。

他在谁面前，也不会低头。他有他的骄傲，如同孩子般，犟着嘴，看不见人间烟火。

宋哲宗元祐初，晏几道的词名闻京师，苏轼请黄庭坚代他传达结识之意，晏几道听完后，说："今政事堂中半吾家旧客，亦未暇见也。"朝中大臣皆他家从前旧客，他亦不肯见，他苏轼还是免了吧。他的倨傲，使他一生只能处处碰壁，尝尽世事的艰难。

然而，世事越悲辛，他越期望自己逃回旧时的天国。他也喜欢歌伎舞伎，因为她们和颜悦色，笑意缠绵，总能让他忘记外面的世态炎凉。在她们的歌里舞里，他是相国公子，是主人，是座上宾。他写了一首《鹧鸪天·彩袖殷勤捧玉钟》，回忆的便是他爱的，也爱着他的女人。

彩袖殷勤捧玉钟，当年拚却醉颜红。
舞低杨柳楼心月，歌尽桃花扇底风。
从别后，忆相逢，几回魂梦与君同。
今宵剩把银釭照，犹恐相逢是梦中。

她挥舞彩袖，手捧酒杯，殷勤劝酒。便想起当年沈、陈二人家中欢歌宴饮的情形。那时，她心甘情愿醉倒颜红。小莲、小鸿、小苹、小云，舞姿曼妙，一直舞到挂在杨柳树梢上的明月低沉下去。她清歌宛转，唱到了扇底风消歇。

自从那次分别后，他时常回忆起那次美好的相逢，多少次在梦里，与她再次相聚。现在，他们再次相遇，他要举起银灯将她细看，怕这又是一场梦，让他空欢喜一场。

爱到深处，会让人再不敢相信眼前的现实，怕这美好的一刻一碰就碎。她出现在他的梦里，每次都是相逢的喜悦，这喜悦、这爱，无关其他，只要是她就好。

晏几道的一生，有四位红颜，小莲、小鸿、小苹、小云。她们也爱他，爱他的才，爱他的风雅，爱他淡淡的忧伤，只是，出于身份，他们始终不能在一起。

佳人入梦来，是他唯一的"现实"了。

　　晏几道的词中，多酒，多梦。少了酒和梦，便再不是他。一部《小山词》中梦字随处可见。据统计，词集中有57首写了梦境，占全词四分之一。人生如梦，以梦追忆过往，借梦抒写相思怀人之情，或将现实难以实现的事借梦托之……

　　他的红颜，"魂梦与君同"；他的妻，却从不君同。据《墨庄漫录》载："叔原聚书甚多，每有迁徙，其妻厌之，谓叔原有类乞儿搬怨。叔原戏作诗云：'生计惟兹怨，搬擎岂惮劳。造虽从假合，成不自埏陶。阮杓非同调，颜瓢庶共操。朝盛负余米，暮贮籍残糟。幸免播同乞，终甘泽畔逃。挑宜笻作杖，捧称葛为袍。倘受桑间饷，何堪井上螬。绰然徒自许，噱尔未应饕。世久称原宪，人方逐子敖。愿君同此器，珍重到霜毛。'"

　　晏几道虽随意而作，但仍能看出他的愤世嫉俗之情、高洁之趣。也正因此情趣，断送了他一生的仕途。

　　也许，现实对他来讲，算不了什么。

晏几道一生写梦，半生写酒，少有的一首，写了思乡之情。他在《鹧鸪天·十里楼台倚翠微》中写道：

十里楼台倚翠微，百花深处杜鹃啼。殷勤自与行人语，不似流莺取次飞。

惊梦觉，弄晴时。声声只道不如归。天涯岂是无归意，争奈归期未可期。

晏几道落魄半生，兜转仕途，为生计奔波四方。当他在连绵十里的亭台楼阁上，听到草木丛中的杜鹃鸟啼鸣时，一切仿佛在梦中。实际上，他果真做了一个梦。他从午梦中惊醒，初晴的太阳四处闪动，恍若在对他说"不如归去，不如归去"。

漂泊天涯的游子，岂能没有归家之心？奈何归去遥遥无期，他不知道何时才能回去。

杜鹃啼鸣，他写词鸣哀。他宁愿千百次回忆往事，也不愿抬头面对现实，向现实妥协。现实和理想的鸿沟，他始终无法跨越，只要踏入便会退回那个温暖的"理想"小窝。

有时人生真能醉一场也好，真如梦境般自由更好。可是，酒醉过后人要醒来，梦虽美，也并非尽如人意。倘若梦是完美的，他的知音，他的红颜，又为何没有常常入梦，陪他梦中半生？那梦里的人、梦里的事，也有别离，也有"不与君同"的时刻。

那便醉一场吧！醉了就什么都忘了。忘了小莲、小鸿、小苹、小云，同时，也忘了自己。倘若一个人能选择不来这世间，多好？

29. 此情，无计可施

一剪梅　李清照

红藕香残玉簟秋。轻解罗裳，独上兰舟。

云中谁寄锦书来？雁字回时，月满西楼。

花自飘零水自流。一种相思，两处闲愁。

此情无计可消除，才下眉头，却上心头。

南渡的夜，实在有些冷，李清照端起温好的酒，猛地灌了几口。

她年轻时，便爱饮酒。婚后，夫君与她赌书泼茶，饮酒作诗，日子过得很是惬意。如今，江山飘摇不定，她的好日子也到头了。

她在南渡，南渡，不知何时才能停下来。

那夜，李清照趁着酒劲，在客厅的几案上写下了一首诗："南渡衣冠少王导，北来消息欠刘琨。南来尚怯吴江冷，北狩应悲易水寒。"

她写完，将此诗置于几案上，等赵明诚阅后"和作"。这是他们夫妻间的小情趣，他们不仅赌书泼茶比记诵能力，还比拼作诗的能力。

几日过去，赵明诚并未"和作"，她追问原因，他有点为难。此诗指责南来的人，不放过宋徽宗和宋钦宗，并告诫宋高宗不该为了自己的私利，怕父兄夺回皇位，而抛下父兄一味求和。

赵明诚当的是宋人的差，她直指当局，他如何"和作"？

他怕被人看见，特将此诗收进卧室，以防被人知晓，触怒龙颜。

恍然间，她爱的赵明诚不在了。国家垂危之际，他怎能如此懦弱，成为赵构王朝的执行者？她一直期盼有道之士出来救国，也希望她的夫君能有所担当。可惜，什么都没有。

一味顺从当局者迷的赵明诚，最终因"懦弱"而被罢官。当他们行至芜湖，船只经过乌江县时，李清照想起了乌江自刎的项羽。她遂再作一首名为《夏日绝句》的诗：

> 生当作人杰，死亦为鬼雄。
> 至今思项羽，不肯过江东。

项羽虽是末路英雄，但宁死也要与汉军一战。当他再无生还的余地，他宁愿一死，也不愿妥协投降。

李清照借诗讽刺南宋朝廷和宋高宗的"逃跑主义"，当然，也在讽刺赵明诚。

赵明诚越发令她失望了。

那年，他担任江宁知府，御营统制官王亦率领汴京军队驻扎在江宁。王亦企图造反，决定以夜间纵火为起兵信号。江东转运副使李谟得知消息，迅速报告给了赵明诚。

此时，赵明诚正巧接到赶赴湖州知府的调令，便借口江宁事宜已不归他管，该由新上任的守臣管制，推卸了"责任"。

新任知府还未到江宁，赵明诚却将百姓置于水火之中，李清照如何不失望？

李谟寻不到救兵，只好单独行动，在乱兵经过的地方设下障碍与埋伏。谁也没有想到，李谟此举致使乱兵无法攻进江宁城，只好砍开南城门逃走。第二日，李谟前去拜见赵明诚，想告知他昨夜战况，谁知赵明诚已于昨夜逃走了。

他一直称他爱她。生死危难之际，他又为何抛下她不管，独自一人去逃命？她并不怪他，继续维护他的尊严。即使后来李清照将此事写进《金石录·后序》中，仍写得客观，未曾对他多加指责。

赵明诚因此事被罢官，他很难过，她更不好再说什么了。

她对他的情，似乎到这里该结束了。纵然李清照仍是他的妻，但心中那份幽怨仍是存在的。当赵明诚再次被朝廷重新任命，他因赴任时走得太急而忽视身体，直到他离去时，她才发现自己是爱他的。

她每天都在思念天上的丈夫，然后写下了《孤雁儿》：

藤床纸帐朝眠起，说不尽、无佳思。沉香断续玉炉寒，伴我情怀如水。笛声三弄，梅心惊破，多少春情意。

小风疏雨萧萧地，又催下、千行泪。吹箫人去玉楼空，肠断与谁同倚？一枝折得，人间天上，没个人堪寄。

曾经多少"春情意"，都是他陪着度过的。今年的春天，只剩下她一个人了。回忆过往，不能使她开心，只能辜负这大好春光。

他是她的萧史，她是他的弄玉，说好的一起白头，他却先去了。世界那么大，仿佛只有她一个人，独守空楼，独守这片天地，她真是太寂寞了。曾经她思念他时，他总能归来，如今就算愁肠寸断，他仍是回不来了。

她手中的这枝梅，天上人间，都没个人可寄。

他离去后，她的余生只有两件事。一是金石碑刻，二是怀念他。

她忆起第一次见他时的场景。那时，她还是一个喜欢喝完酒后，划着小舟误入藕花深处的姑娘。李清照在相国寺遇见他，他风度翩翩，风流潇洒，她自是芳心暗许。后来再见到他，是他去她家中做客，她红着脸连忙跑开，倚门回首嗅青梅。

点绛唇

蹴罢秋千，起来慵整纤纤手。露浓花瘦，薄汗轻衣透。

见客入来，袜刬金钗溜。和羞走，倚门回首，却把青梅嗅。

她藏到门边，倚门回首，他与她四目相对，她只好假装去嗅门边青梅。

李清照才华横溢，在士大夫、官宦的耳朵里，她的大名早就传开了。赵明诚欣赏她的才华，读她坊间小词，越读越佩服。

他对她，早就倾慕万分。

他们郎才女貌、才子佳人，在当时结合到一起，也曾被传为佳话。婚后，他们志趣相投，幸福美满，一起品读诗词文章，下棋喝酒。因为赵明诚的喜好，他们开始一起收集金石碑刻。他做官时，她只能初一或十五见他。那时，她便害了相思病。在他将要回家之际，有一次她听到卖花农的吆喝声，非要买花来戴，让她的夫君猜谁更好看。

减字木兰花

卖花担上，买得一枝春欲放。泪染轻匀，犹带彤霞晓露痕。

怕郎猜道，奴面不如花面好。云鬟斜簪，徒要教郎比并看。

十八九岁的年纪，自然是人比花娇。可是，她偏要赵明诚猜一猜，到底是花好看，还是她好看。

李清照和赵明诚虽出身书香门弟，是官家子女，但那时赵明诚俸禄十分微薄，他们一直过着"贫穷"的生活。李清照在《金石录·后序》中写道："（明诚）后二年，出仕宦，便有饭蔬衣练，穷遐方绝域，尽天下古文奇字之志。日就月将，渐益堆积。丞相居政府，亲旧或在馆阁，多有亡诗逸史、鲁壁、汲冢所未见之书，遂尽力传写，浸觉有味，不能自已。后或见古今名人书画、一代奇器，亦复脱衣市易。"

他们夫妻二人的志向是"尽天下古文奇字之志"。要收集更好的、更古老的、更奇特的物件、字画、碑刻。若是碰到好物件，金钱不够时，宁愿立即脱衣交易，穷尽一切。

有人的生活是柴米油盐，有人的生活是琴棋书画。李清照和赵明诚的生活是被这些古玩字画占满。把玩、欣赏、考辨，给他们带来了莫大的快乐。后来，他们在青州十年，也无多少钱财，为了文物字画，饮食上每顿只一道荤菜；衣饰只留一件贵重的，不添置任何珠宝首饰；家具器物也极尽简朴，不刺绣，不描金。

那是李清照一生中最快乐的时光。他们夜晚燃烛观赏文物，蜡烛燃完一支又一支，仍不想睡去。他戏谑她说："你把古器书籍侍弄出了灵性，岂非欲其生《淮南子·时则训》之效？"

她不甘戏谑，回敬他："岂止歌舞女色不能与书籍古器比，既使满宫室的狗马奇物，也只可殷鉴，不可沉迷！"

快乐的时光终究是不在了。岂知时光一去不复返，她爱的人也走了。她还记得，他们因"元祐党人"事件被迫分开时，她因相思，写下了《一剪梅》。

人间最苦是相思。她轻解罗裳，独上兰舟，心如这兰舟，负载太多。她很想轻装上阵，勇敢地面对今后的生活，抬头看到大雁南飞时，她羡慕它们，怕是南方的人，收到了北方离人的信了吧。

他是否会从云中寄信来呢？直到月满西楼，她也要等下去。

花落水中自漂流，看似朝一个方向而去，实则并不相干。像她和他的相思，虽说相思之情是一样的，可到底分隔两地，各自闲愁。

相思，她放不下，派遣不掉，赶不走。不一会儿，她觉得放下了，眉头舒展了。转眼间，却又爬上了心头。

许多人，只有在回忆里是美好的。她与他分开时，她也曾抱怨难过，期盼他从云中寄来书信。即使没有任何只言片语，她至少知道，他们还有"两处闲愁"。当她只能回忆他，她也只能"花自飘零水自流"了。

她这朵花，被南宋大势淹没，只能顺水而下。

她唯一逆势的，是她还想着他。她的记忆不想随时间流逝，不想被时间的洪水淹没。

年少时，想的都是未来；人老了，想着的都是从前的事。

那记忆越来越清晰，他的轮廓也越来越分明。是他来了，这一次真的来了。来带走她无计可施的相思，带走那满目疮痍的大宋。

她在那美好的梦里，走完了一生。

30. 众里寻他千百度

青玉案·元夕 辛弃疾

东风夜放花千树，更吹落，星如雨。

宝马雕车香满路，凤箫声动，玉壶光转，一夜鱼龙舞。

蛾儿雪柳黄金缕，笑语盈盈暗香去。

众里寻他千百度，蓦然回首，那人却在，灯火阑珊处。

这个人，跟他的词一样，"众里寻他千百度，蓦然回首，那人却在，灯火阑珊处。"他的词常以旷达的胸襟、性格豪爽开朗著称。与苏轼并称"苏辛"。苏轼的词与诗，常以旷达的胸襟与豪迈的思想来阐述人生，并从人生的感悟中使情感慢慢归于平静，归于禅。而辛弃疾却喜欢以炽热的情感与崇高的理想来体验人生，他喜欢写英雄豪杰，喜欢写他们壮志未遂的感慨。

虽然辛弃疾与苏轼并称为"苏辛"，但喜欢辛弃疾的人比苏轼少了很多。所以，在找寻宋代词时，需要蓦然回首，才能遇见他。

辛弃疾，原字坦夫，后字改幼安，号稼轩。他出生时，北方已沦陷于金人之手，祖父辛赞虽在金国任职，却一直希望北方旧地能够收复回来。受家族影响，辛弃疾自小便立下了恢复中原、报国雪耻的志向。

绍兴三十一年（1161），金主完颜亮大举南侵，21岁的辛弃疾不堪金人对汉族人民的压榨，便聚集两千人奋起反抗。在这一场战争中，完颜亮死于内部矛盾，金军无主，只好向北撤退。不料，此时起义军中耿京被叛徒张安国所杀，起义军溃散，辛弃疾只好率领50多人袭击几万人的敌营，并将叛徒张安国带回建康，交给南宋朝廷处决。

辛弃疾在起义军中表现出的勇敢和果断，受到了宋高宗的重视。他名重一时，成为江阴签判，这一年他25岁。

得到朝廷重用的辛弃疾，很想大干一番，但他对此时南宋朝廷的怯懦与畏缩并不了解。当宋孝宗继位，虽一时也想恢复失地、报仇雪耻，但朝廷已经不愿意再打仗。那时，辛弃疾曾写下许多有关抗金北伐的建议，像《美芹十论》《九议》等。尽管建议书写得不错，得到了人们的称赞，也不过是"无用之书"。

朝廷对辛弃疾表示重用，派他到江西、湖北、湖南等地担任转运使、安抚使，治理荒政，整顿治安。他走马上任，兢兢业业，但内心越来越压抑和痛苦。他一心想报仇雪耻，想领兵恢复失地，当下朝廷对他的安排，显然无法满足他内心的宏愿。他从湖北漕移湖南时，写下了《摸鱼儿》：

更能消、几番风雨？匆匆春又归去。惜春长怕花开早，何况落红无数。春且住。见说道、天涯芳草无归路。怨春不语。算只有殷勤，画檐蛛网，尽日惹飞絮。

长门事，准拟佳期又误。娥眉曾有人妒。千金纵买相如赋，脉脉此情谁诉？君莫舞，君不见、玉环飞燕皆尘土！闲愁最苦。休去倚危栏，斜阳正在、烟柳断肠处。

怎么还能再经几次风雨呢？春天已匆匆离开了。风雨中，春天走得这样急，日复一日，年复一年，它从不为任何人停下脚步。他惜春，担心花开太早，春天会飞快溜走，而那百花还未开放，早花已凋零了。春天，快停下来吧！听说芳草碧连天际，可哪里才是你的归途？当路都没有了，人又该何去何从呢？

辛弃疾南归，宋孝宗派张浚北伐，两年后又改变了主意，与金国签订了"隆兴和议"。他多少次上书朝廷，表达强烈的抗战信心，但最终都被驳回。

"准拟佳期又误"，朝廷怎能如此出尔反尔？"娥眉曾有人妒"，他的上书得到了朝廷的反对，有人开始嫉妒他的才华，对他施压和挤兑。

昔日，陈皇后被弃长门宫，重金请司马相如写《长门赋》，那他的报国心情该请谁写呢？杨玉环、赵飞燕，已化作尘土，还不是因为君王"醉心梦中"，不肯好好治理国家？他站在高楼上凭栏眺望，夕阳无限好，但在词人眼中，只有凄惨的悲凉。大势已去，他挽救不了大宋了。

此后，辛弃疾有了归隐的想法。41岁那年，他受人弹劾，官职被罢，回到上饶，开始了闲居的生活。回忆半生，真是"少年不识愁滋味"。少年时，他以为故国不复，便是愁，如今才发现，"欲说还休"的有苦难言，才是真的愁。

他少年得志，肯抛头颅、洒热血，如今却只能赋闲在家，这种痛苦没有凄凄惨惨的悲境，也没有哀怨，只有秋之静谧，落叶归根的无奈。

英雄无用武之地的辛弃疾，在嘉泰三年（1203）得到了重新任用的机会。这一年，他被调任镇江知府，镇江与扬州隔江相望，是江防要冲，是宋金前线的战略要地。这些年来，在南宋与金的战争中，南宋一直处于下风，皇帝不敢再奢望收复失地，只愿守住一隅，继续过安逸的日子。

辛弃疾被重新任用，一心复国，几番考察后，发现此时并非最好的攻击时机。但韩侂胄急功近利，只想做出成绩好把持朝政、巩固自己的势力。辛弃疾的提议遭到韩侂胄的怀疑与猜忌，因此被贬为镇江知府。

他已60多岁高龄，站在北固亭上，再没了"想当年，金戈铁马，气吞万里如虎"的气魄。即使年迈，他仍不忘心中抱负，如同少年时那般豪气万千，只是他已经不再是少年英雄。"将军百战身名裂。向河梁、回头万里，故人长绝。易水萧萧西风冷，满座衣冠似雪。正壮士、悲歌未彻。"

切莫说他，连昔日历史上的英雄也随着风吹雨打、时光的流逝而消失了。

辛弃疾在仕途上，再次遭遇打击，他被降为朝散大夫、提举冲佑观，又被差往绍兴做知府……

他不再就职，再不肯了。

开禧三年（1207）九月初十，辛弃疾的生命走到了终点，享年68岁。他临终前，仍放不下国家，大呼："杀贼！杀贼！"

南宋气数已尽，已不是几个人的热血沸腾便能挽救的。多少人，因看到了结局而自甘堕落，或整日唉声叹气，活得凄凄惨惨戚戚。辛弃疾的难能可贵就在于，他明知不可救，但仍不改初心。

如同圣人，明知救不了世，救不了人心，但仍在做着救助的事业。

刘克庄在《辛稼轩集序》中说："公所作，大声镗鞳，小声铿鍧，横绝六合，扫空万古，自有苍生以来所无。其秾纤绵密者，亦不在小晏、秦郎之下。"

后世人云："稼轩者，人中之杰，词中之龙。"

若没有辛弃疾，整个南宋的词便少了恢宏的气势，使得整个时代都变得颓然。陆游也有报国之志，词也不错，但在气势和霸气上，仍比不上他。

实际上，他也有男人的细腻之处。《青玉案·元夕》便道出了他的缠绵。

这一年，他大抵三十几岁，在临安为官，雄才大略，只盼救国危难，百姓康乐。他在等那个与他志同道合的人。他苦苦等，苦苦盼，对方却怎么也不肯来。谁知一转身，在不经意间，那个人就在自己眼前。

有人说，他等的是一位女子。这般缠绵、细腻、温婉悠长的词，怎么可能写的是爱国知己？是啊，红颜难求，志同道合者就更难求了。

　　那一年，他众里寻她千百度，不经意间遇见了她。

　　后来，他蓦然回首，却没能等来那个志同道合的人。

31. 从黄昏到昏黄

秋夜有感　朱淑真

哭损双眸断尽肠，怕黄昏后到昏黄。

更堪细雨新秋夜，一点残灯伴夜长。

古时女子，十有八九是温婉的、含蓄的。纵是大胆放纵如李清照，解衣饮酒，酒后误入藕花深处，青春年少时，面对心慕的男子，仍是"眼波才动被人猜"。然而，朱淑真是个例外，她比李清照还大胆。她在《清平乐·夏日游湖》中写道：

恼烟撩露，留我须臾住。携手藕花湖上路，一霎黄梅细雨。

娇痴不怕人猜，和衣睡倒人怀。最是分携时候，归来懒傍妆台。

她与相恋的少年携手游西湖，漫步在荷花盛开的小路。霎时，黄梅细雨落下，娇痴的情怀不怕人猜，她和衣睡倒在他的胸怀。分手时，他们依依不舍留恋徘徊，归家后却懒得再细心打扮，照一照那梳妆台。

朱淑真开放活泼、大胆放肆，没有小女子一贯娇羞的做派。她喜欢的，就大胆表白示爱，更不怕人猜度。

她的情似火，燃烧着那少年的心。她的词也似火，在宋朝时几乎与李清照齐名。虽然她晚了李清照50年，但后世的士大夫、官宦们，无一不知朱淑真。

朱淑真，号幽栖居士，浙江钱塘人。她自幼才华横溢，善读书，工诗，聪明机智。她早有诗才，名震四方，有一次父亲遇难，是她帮父亲解了围。

朱父骑驴进城，无意撞倒州官。州官十分生气，要把朱父抓入大牢。朱淑真得知此事，急忙赶来为父亲解围。州官得知是朱淑真，便故意为难她，给她出了一道作诗题。州官要求，用诗道出八个"不打"，但诗中不得出现"打"字，若能作得出，便可饶了朱父。

朱淑真应允，州官以"夜"为题，待她给出答案。她想了想，当即吟出一首《不打诗》：

> 月移西楼更鼓罢，渔夫收网转回家。
> 卖艺之人去投宿，铁匠熄炉正喝茶。
> 樵夫担柴早下山，飞蝶团团绕灯花。
> 院中秋千已停歇，油郎改行谋生涯。
> 毛驴受惊碰尊驾，乞望老爷饶恕他。

全诗共10句，前8句分别暗含"不打"之意。分别是不打鼓、不打鱼、不打锣、不打铁、不打柴、不打茧、不打秋千、不打油。州官听罢，连连夸赞她才智双全，当堂释放了朱父。

朱淑真虽可爱活泼，但也十分娇憨，她太重情，在情里有一股憨劲儿。她已邂逅心爱的少年，大有一股此生非他不嫁之势。

他也许家境贫穷，也许负了她，总之，那天她没等到他。

生查子·元夕

去年元夜时，花市灯如昼。月上柳梢头，人约黄昏后。

今年元夜时，月与灯依旧。不见去年人，泪湿春衫袖。

她在上元灯节时，与他相约黄昏后、月上柳梢头时，携手游灯会，诉衷肠。他们一直游到灯光如昼才散去。

今年，依旧是上元灯节，月与灯如同去年如昼，他却没有来。想到他，泪水沾湿了春衫的衣袖。

有人说，这首词乃欧阳修所作，也有人说是朱淑真所作。不管冠以谁名，她没等到他是真的。

在父母的安排下，她嫁给了一位小官吏。在家人看来，父母之命，媒妁之言，乃千古不变的传统。宋朝女子，谁不是这样的命运？

可是，她不开心。她不爱他，他又何尝爱独特的她。他并非无财无势，而是才学所不能相称。他们的日子，如同一潭死水令朱淑真窒息。在意中人面前，她"和衣睡倒人怀"，在丈夫面前，她宁肯一人疗愈心中的孤独，也不愿让他拥抱入怀。

他们之间隔着银河，只是，他不是牛郎，她也不是织女。她失望透了，只能不停地抱怨："鸥鹭鸳鸯作一池，须知羽翼不相依。东君不与花为主，何似休生连理枝？"

她所托非人，怎能相伴到老？

又是一秋。又是夜久无眠。秋风萧瑟，夜气清凉，她长夜难寝，实在是心里太苦。她流着泪来到桌前，提笔写下了《秋夜有感》：

> 哭损双眸断尽肠，怕黄昏后到昏黄。
>
> 更堪细雨新秋夜，一点残灯伴夜长。

　　她已哭坏双眸，心伤又断肠。她最怕黄昏，可偏偏天又变得昏黄。细雨霏霏之夜，她数着雨滴度过这漫长的一夜，只有那孤灯陪着她。

　　曾经她花雨漫天，情意绵绵，后来她写不尽浓愁，驱不散惨淡。她和意中人，在上元灯节走散了，散去的还有曾经的自己。

　　她一个人，温暖不了生活，温暖不了自己的心。她只能与他分开，或者另觅爱人。她的人生，经历了明媚的阳光后，总是从黄昏到昏黄，似乎再也没有变过。

　　她总算挣脱了婚姻的束缚，以为可以从此改变人生，却不承想，她承受了太多亲人的指责。父母不同意她与丈夫分居（有人说是离异），更不愿意她老死家中。自古女子无才便是德，有才那"德"就没了。嫌弃丈夫，渴望志同道合，整日吟诗作赋，如何是德？

　　父母认定，是她的才学害了她，使她不能安心做一个普通妇人，一怒之下，将她所有的诗作付之一炬。

　　这是她最后的稻草。朱淑真被压垮了，最终因抑郁而逝。也有人猜测她投河自尽，死于湖中。不管她以怎样的方式离开世界。总之，她对这个世界彻底绝望了。

　　南宋淳熙九年（1182），一位叫魏仲恭的人发现了朱淑真残存的作品，并将这些作品整理，词集叫作《断肠词》，诗集叫作《断肠诗集》。他在序文中写道："比在武陵，见旅邸中好事者往往传颂朱淑真词，每茄听之，清新婉丽，蓄思含情，能道人意中事，岂泛泛所能及？未尝不一唱而三叹也！"

情愁断肠，断人血泪，只能一唱三叹。

她带着幽怨离去了，至死也不能放下。

"赏灯那待工夫醉，未必明年此会同。"明年的上元夜，他们再也不会相见。缘分尽了，她在茫茫人海中，便再也寻不到那个人。

其实，她也自责过，甚至写下了《自责二首》："女子弄文诚可罪，那堪咏月更吟风。磨穿铁砚非吾事，绣折金针却有功。闷无消遣只看诗，不见诗中话别离。添得情怀转萧索，始知伶俐不如痴。"

这首诗，名虽叫"自责"，写得却是她对现实的指责与不满。闺房中的女子，绣折金针是有功，闷了、烦了，读诗却

有罪。

到底是谁该自责？遥想当年的少年郎，他一定向她许诺过，我偏爱你的诗才，以后你十指不沾染阳春水，只须舞文弄墨，便是世间最好的妻。

那时，他们太年轻，还不懂生活的艰辛。可是，她偏偏相信，他能给她想要的生活。

世人将她的诗才与李清照相提并论。她的才华不输李清照，可是李清照比她幸福太多。李清照因诗才被赵明诚赏识，夫妻二人宁肯过简朴的生活，也要供养自己的喜好，这样的神仙眷侣才是她想要的理想生活。

世间果真柴米油盐贵吗？那为何李清照和赵明诚可以脱衣市易呢？她的幽怨，她的惨淡，她的家境际遇，在李清照面前已经输了。所以，后来的诗词，境界、意境终究比不上李清照的开朗豁达。

赵明诚又令她失望了，他们终究是志趣相投的伴侣，她微微的相思与散愁，读完只须一叹。李清照的人生底色，仍是明亮的，充满热情的。而朱淑真明亮了前半生，后半生已走入死局，诗词也只能一唱三叹，令人读出无限的绝望感。

朱淑真的一生太短了，短到生平事迹不见于正史，短到只有在闲书中有简单的几句话。据明朝田汝成在《西湖游览志》中记载："淑真钱塘人，幼警惠，善读书，工诗，风流蕴藉。早年，父母无识，嫁市井民家。淑真抑郁不得志，抱恚而死。父母复以佛法并其平生著作荼毗之。临安王唐佐为之立传。宛陵魏端礼辑其诗词，名曰《断肠集》。"

还是喜欢曾经的朱淑真，她与他携手游西湖，"娇痴不怕人猜，和衣睡倒人怀"。

时间若是能停留在那一刻，该多好。

32. 看尽人间利与名

题斋壁　陆游

看尽人间利与名，归来始觉此身轻。

祸机不败漂舟兴，乐事浑输地碓声。

破篚虽无衣可典，寒畦已有芋堪烹。

余年且健贫何害，剩与邻翁醉太平。

一个头发半白的老头，就那么直挺挺地站在那里，望着她远去的方向，久久不愿从刚才的经历中醒来。

她好像来过，一切又好似在梦里。这一场梦，他做了太久，如今总算见到她了。他回忆起刚才的场景，感慨万千，内心的激动久久不能平息。他蒙眬着泪眼，在墙上题了一阕《钗头凤》：

红酥手，黄縢酒，满城春色宫墙柳。东风恶，欢情薄。一杯愁绪，几年离索。错、错、错。

春如旧，人空瘦，泪痕红浥鲛绡透。桃花落，闲池阁。山盟虽在，锦书难托。莫、莫、莫！

他写的是刚才的场景。

十年后，他来到沈园，这里是他与她曾经相恋的地方。他默默地在此地凭吊那失去的爱情，想着世事不可逆转，他的爱情也不可能再回来了。

当他欲离开，转身遇见了她。春色满城，沈园的绿柳碧了一池春水，也揉碎了他的心。

她是他昔日的妻，现已嫁作人妇。他们夫妻一起来，好像故意告诉他什么似的。可到底要告诉他什么？过去的已经不可挽回了吗？

她的丈夫不算小气，给了他们一段单独相处的时光。

她微笑，她红酥的手给他递来一杯黄滕酒。他一饮而尽，想说什么却欲言又止。她轻轻为他斟酒，却好像宫墙中的绿柳那般遥不可及。

是什么改变了他们？是春风吧，春风将他们的欢情吹得那样稀薄。突然，他忧愁起来，离别的这些年，他的生活是十分萧索的。没了她，生活竟变得毫无意义。

遥想当初，只能感叹：错、错、错！

春景依旧，只是人在憔悴消瘦。泪流洗尽了脸上的胭脂，又把那薄绸的手帕湿透。桃花开，风吹落，把池塘的楼阁洒满了一地的清冷。相爱的人誓言还在，可是那写给爱人的信，又要交付与谁？

遥想当初，只能感叹：莫、莫、莫！

当初，当初……

当初，陆游还是一位20岁左右的青年才俊。他出身名门，自幼才华横溢，先后师从毛德昭、韩有功、陆彦远等人。那时，他像普通天下男子一样，有着"手枭逆贼请旧京"的志气，也有"青衫初入九重城，结友尽豪英"的正气，更有"胡未灭，鬓先秋，泪空流"的忧愁。

他志在家国天下，陆母对陆游的期望很高。

所谓，成家立业。在未立业之前，一个男子理应先成家。陆家将郑州通判唐闳的女儿唐琬许配给他，盼他们夫妻二人能永结百年之好。

唐琬是陆游的表妹，她自幼喜欢读诗书，腹有诗文，他早就喜欢上她了。那年，陆家以一只家传凤钗作为聘礼，将唐琬娶进了家门。

自古龙凤呈祥，或者凤凰成对，一只凤钗似乎暗示着什么。孤凤难成双，孤掌难鸣，这好像是唐琬一个人的独角戏。戏中的男主，陆游是缺席的。

她来到陆家，陆游将她捧在手心。夜晚，他们相拥而眠；白昼，他们吟诗作赋。这对伉俪夫妻，终日厮守在一起，一刻也不愿分开。

他太喜欢她了，无心再去做别的事，什么家国天下、功名利禄早已抛到九霄云外。

人生得此良妻，夫复何求？陆游醉心在婚后的生活里，即使屡试不第，也不再用功读书，依旧与唐琬你侬我侬。

那时，他不再渴望功名，也不再期盼"灭胡"，他只想守着他的妻、他的静好岁月度过余生。

世代望族，家教甚严，怎可出陆游这般没志气的男儿？自古女子是相夫教子，助男子一臂之力的。唐琬不仅没有帮助陆游，反而害他整日醉心于"红酥手"中，陆母怎么对唐琬满意？

陆母担心唐琬毁了陆游的前程，遂命陆游休妻。陆游不肯，陆母开始寻找具有说服力的理由来棒打鸳鸯。

不久，她告诉陆游，唐琬不能生育，所以不适合做他的妻子。还有，她去寺庙算命，说他们夫妻二人八字不合，会耽误他的前程，他必须休妻。

这一刻，陆游在唐婉的生命里缺席了。他虽然爱她，却不能反驳母亲，只好将爱妻休掉。其实，他是有过考量的。他想的是，先安抚母亲，然后再将唐婉安置在别院，只要他们夫妻恩爱，有无名分又有何区别？

只是，陆游太单纯了。他不明白母亲的用意，他的权宜之计，换来的却是母亲逼他另娶王氏。他苦苦哀求，苦苦挣扎，终不能不孝，只好遂了母亲的意。

真正分手的时刻，一定是痛不欲生的吧！他娶妻那夜，他和她也一定是对烛到天亮的吧。陆游一生，官宦沉浮，几经起落，从未如此软弱，唯独对唐婉，他让她独自一人面对了所有的苦。

离开唐婉，陆游真的变了。他开始日夜读书，一心扑在功名前程上，终于换来了母亲的欣喜。他远走他乡，离开伤心地，去忙他的抗金大业。只有流离的军旅生活、边塞的风霜雨雪，才能消磨他内心的痛楚。

他刻意不想她，刻意让自己忙碌不停，刻意不回家乡，好让自己不再承受那相思之痛。只是，午夜梦回的时刻，他依旧想着唐婉，那梦里一次又一次的十指相扣，将他的心扣出了血来。

十年后，陆游回来了。他到沈园故地重游，以为那情已经淡去，转身却发现，他从未将她忘记。

她已嫁作人妇，夫君是名士赵士程。她见到他，仅一个眼神，便知这十年来，她也从未忘记他。

事过境迁，他再也不能拥她入怀，与她十指相扣，只能尴尬地问候，仿佛面见一位老友。可他们分明不是朋友，而且永远做不成朋友。

何时，他们之间，有了第三个人？其实，一直都有，只是现在才发现，原来他们的爱情从未被人真正地祝福过。

她赠君黄縢酒，一来祝相逢，二来祈君多保重。她转身离去，身影依旧如同摇曳的细柳，堪比云间月、河中莲。

她就那样明亮地照着他，如同一盏明灯。

他也转身，走了，继续他的抗金大业，然后又转川蜀任职。他依旧想办法忘记唐琬，让这忧愁和遗憾来得淡些。

那些年，他"夜阑卧听风吹雨，铁马冰河入梦来"，他"出师一表真名世，千载谁堪伯仲间"，他"上马击狂胡，下马草军书"。他一诗一剑走天涯，过着潇洒、激扬、从容的人生。

陆游的一生，写了许多首《题斋壁》，皆表达了他对人生淡漠的看法。除了开篇那首外，还有：

其一

闲门无事不胜闲，心境超然一室宽。

香岫火深生细霭，砚池风过起微澜。

睡余但欲依书几，坐久还思弄钓竿。

扰扰生平成底事？镜湖归隐老黄冠。

他已看尽人间的功名利禄，也不再追求什么，只愿闲门无事，心境超然。一切，似乎已经放下了。人生行至此处，已经活成了神仙，那情也该断了。

晚年，陆游再次来到沈园。这次，他认为自己心境超然，心门无事，无须再为那情哀恸。谁知，当他看到她和的下半阕词，才知自己还是没有放下。她写道：

世情薄，人情恶，雨送黄昏花易落。晓风干，泪痕残，欲笺心事，独倚斜栏。难！难！难！

人成各，今非昨，病魂常似秋千索。角声寒，夜阑珊，怕人寻问，咽泪装欢。瞒！瞒！瞒！

那些年，他的心千疮百孔，她又如何不是"咽泪装欢"。

陆游听说了唐琬的故事。

一年后，唐琬来到沈园，走到与陆游重逢的地方，看到墙上的《钗头凤》，恰如看见了他十年来的遗憾与悲苦。她伤心而泣，含着泪，和了一阕词。不久，她因悲痛过度，抑郁而亡。

一声错，一声莫，让她难，让她瞒。

相爱的两个人，有时候怕的不是爱情消失，而是不能在一起的两个人，知道彼此还记挂着对方。

这比忘记更令人忧伤，更令人痛心！

《三辅黄图·桥》中写道："灞桥，在长安东，跨水作桥，汉人送客至此，折柳送别。"曾经夫妻一场，然而到了现在连送柳的权利都没有了，他只能在她走后，落寞地在朱红的墙上题词一首，却诉不尽思念，道不完空虚。

她，亦复如是。

他是陆游，人生名与利，早已看尽，却唯独放不下这情。这是他铁血男儿心中，唯一的柔软之处了。

他开始写他的思念，也开始写沈园，他写"唤回四十三年梦，灯暗无人说断肠"，也写"沈家园里花如锦，半是当年识放翁"，还写"玉骨久成泉下土，墨痕犹锁壁间尘"。

斯人已去，他再也唤不回他的唐琬。

忽有燕子低飞，擦墙而过，惊得他手中的笔险些落到地上，却也溅了墨点，正好为他的人生画上了句号，又好似圆满了他这一生的情缘。

风再柔，也抚不平他沟壑了大半生的脸；柳再嫩，也抹不掉那两行清泪；花再艳，也不能使浑浊的双眼明亮；正如日头再暖，也化不开心头的愁。

老天给他的圆满，他不愿接受，只能在老泪纵横，苦不堪言中，过着他的余生。

那老头，再一次来到沈园，就那么"直挺挺"地立在那里。他的背驼了，身弯了，却宛如少年，在等待着某个人出现。

一转身，他再也不能遇见她。

再也不能！

33. 不是爱风尘，只是前缘误

卜算子 严蕊

不是爱风尘，似被前缘误。

花落花开自有时，总赖东君主。

去也终须去，住又如何住！

若得山花插满头，莫问奴归处！

严蕊一生留下来的词仅有三首，《如梦令》《鹊桥仙》《卜算子》，其中《卜算子》最为有名。

第一次听到这首词，是在一部电视剧中。《金枝欲孽》结尾时，叛军冲入宫门，斗了半辈子的如妃，明明可以跟着孔武一起逃出皇宫，但她选择了留下来。她自十几岁进宫，在宫里活了半生，斗了半辈子，这里已经是她生命的一部分。她天性也曾纯良，只是身处皇宫，不得不斗下去。她的无奈，只有孔武懂。她爱他，可是孔武爱的是另一位女子，在艰难的时刻，如妃选择了放手。她站在城楼上轻轻地吟出了一首词："不是爱风尘，似被前缘误，花落花开自有时，总赖东君主。"

是啊，谁天生喜欢风尘生活呢？如妃不爱，严蕊也不爱。她们只是被前缘所误，今生才有了太多太多的不得已。

她们没有想过太多，只是想活下去。

严蕊原姓周，字幼芳，是南宋中期女词人。她自小习乐礼诗书，才华过人。善操琴、弈棋、歌舞、丝竹、书画，学识通晓古今。因出身低微，而沦为台州营妓，改名严蕊。她诗词语意清新，闻名四方，不少人不远千里慕名拜访她。

严蕊闻名遐迩，离不开台州知府唐与正。他是一个喜欢诗词的人，在当地听说严蕊才名后，一直想拜访她。一次酒宴，他们相遇。他想试考严蕊，看她是不是徒有虚名。于是，他以"红白桃花"为题，让严蕊填词。严蕊稍微思索，遂作一阕《如梦令》：

道是梨花不是，道是杏花不是。白白与红红，别是东风情味。曾记，曾记，人在武陵微醉。

词为桃花而作，却只字未提桃花，并借助《桃花源记》的典故，点出桃花源的故事，实在是一阕好词。

唐与正听完，很是佩服，便赏她两匹细绢，夸她担得起才女的称号。有了唐与正的赏识，严蕊的名气才真正地开始大起来。

谢元卿是唐与正的朋友，他听说了严蕊的大名后，也想见识一下严蕊的才华。七夕时，唐与正举行宴会，便把严蕊召去陪酒。谢元卿借此机会，也给严蕊出了一题。他以七夕为题，以姓氏"谢"为韵，让她填词一首。不待众人举杯欢饮，严蕊已填好一阕《鹊桥仙》：

碧梧初出，桂花才吐，池上水花微谢。穿针人在合欢楼，正月露、玉盘高泻。

蛛忙鹊懒，耕慵织倦，空做古今佳话。人间刚到隔年期，指天上、方才隔夜。

一阕填词，谢元卿也对严蕊佩服得五体投地。他从此拜倒在她的石榴裙下，追随严蕊半年之久，直到他家财散尽，才悻悻离去。

人怕出名猪怕壮。人一旦出了名，什么灾事祸事都来了。

严蕊并未犯错，却无形中涉及朝廷的内斗。当时，唐与正所属的永康学派与朱熹的程朱理学派对立。朱熹不喜欢唐与正，几次弹劾都没有成功。当他听说唐与正与严蕊交好时，便找借口诬陷他们二人有苟且之事。

严蕊身为营妓，虽是风尘女子，但只卖艺不卖身。她与唐与正清清白白，并无半点苟且之事。只是空口无凭，这种事又怎能说得清楚。

严蕊被抓进了监狱，关押在台州和绍兴。为了逼她招供，他们对她施以鞭笞，"两月之间，一再杖，几死"。这次被抓的不止严蕊一人，有几位已承受不住酷刑被逼死了。严蕊宁死不肯招供，狱卒见后于心不忍，劝她何必嘴硬。严蕊听完，说："身为贱妓，纵合与太守有滥，科亦不至死；然是非真伪，岂可妄言以污士大夫，虽死不可诬也。"

严蕊的骨气没有打动朱熹等人的心，却惊动了当朝天子宋孝宗。他认为，朱熹是"秀才争闲气"，特将他调任，严蕊一事转交岳飞后人岳霖查办。

岳霖秉公办事，还了严蕊清白。当她离开监狱，岳霖问她今后的归宿时，严蕊以词回他《卜算子》，"不是爱风尘，似被前缘误"。

严蕊天生并不喜欢风尘生活。她因事关风化入狱，名声自是更坏了。可她能说什么，谁又会信她，她也只能默默地认了。如今，她沦落风尘，应是前生因缘所致。她身在风尘，心却纯净明亮，并没有就此沉沦。身再无可奈何，心中的净土再明亮，也是不能改变现实的。

"花落花开自有时，总赖东君主。"花落花开早已定好，人的命运也被神君控制在手里。她不能做主，只能俯仰随人，顺其自然。

"去也终须去，住也如何住！"现在，他问她该何去何从，她只能说，她想脱离这风尘苦海的生活。她不想再重新为妓，即使依旧被权贵者赏识，但她的命运又能平坦多久呢？

"若得山花插花头，莫问奴归处！"如果她也能将山花插满头鬓，嫁得天下普通男子，那便不用再问她归处了，她已是世间最幸福的女子。

听完严蕊这首词，岳霖感动至深，判她从良，满她心愿。

人的一生，终究难以摆脱身份的束缚。《金枝欲孽》中如妃是这样，严蕊更是。若不是世事变迁，历经大风大浪，她们很难从以往的生活中解脱出来。然而，严蕊与如妃不同，如妃必须留在皇宫，继续做她的如妃，严蕊却可以从良，从此过上普通人的生活。

身为普通人，多少人想拼尽全力，摆脱"普通"身份，过上富足的生活。可是，对于富贵的人来说，他们也许富贵，也许拥有名利权力，却更想过普通人的生活，做一个普通人。

吴敬梓在《儒林外史》中写道："有人辞官归故里，有人星夜赶科场。少年不知愁滋味，老来方知行路难。"

一直以为，人的命运可以掌握在自己手里。可是，当自己身为普通人，"星夜赶科场"时，殊不知，命运早已被欲望掌控。不追逐欲望又如何，毕竟"少年不知愁滋味，老来方知行路难"。

我们终究不爱风尘，却一直被"前缘"所误，直到生命终结。

严蕊后来嫁给皇室宗亲，成了宋宗室的妾。当她出嫁的那一刻，她的头上一定插满了鲜花吧，她也一定过上了期望的幸福生活吧。

"普通人"，对她来说，是太美好的三个字了。

34. 问世间情是何物

摸鱼儿·雁丘词　元好问

问世间、情是何物，直教生死相许？天南地北双飞客，老翅几回寒暑。

欢乐趣，离别苦，就中更有痴儿女。君应有语，渺万里层云，千山暮雪，只影向谁去？

横汾路，寂寞当年箫鼓，荒烟依旧平楚。招魂楚些何嗟及，山鬼暗啼风雨。

天也妒，未信与，莺儿燕子俱黄土。千秋万古，为留待骚人，狂歌痛饮，来访雁丘处。

总有人问，情为何物，元好问给出的答案是，直教生死相许。

对一个人动了情，真能生死相许吗？至少在元好问看来，是的。不然，这世间不会有梁山伯与祝英台的故事，也不会有焦仲卿"自挂东南枝"的事迹。

爱到深处，一定是生死相连的。如同那并蒂莲，生同根，死同穴。实际上，元好问写《摸鱼儿·雁丘词》时，只有16岁。那时，他还不懂爱情，所以写下这句话时，打了一个问号：真的是"直教生死相许"？

开篇这首词的灵感来源于一对大雁。

金章宗泰和五年（1205），16岁的元好问赴并州赶考，途中遇到一个捕雁的人。那人说："我今早捕到一只雁，另一只已逃出落网，竟悲鸣不止，后来投地而亡。"元好问听完，大受感动，买下这两只大雁，亲手将它们合葬在汾水岸边，立碑刻下"雁丘"二字。随后，又为它们写《雁丘词》词一阕，用的是《摸鱼儿》的词牌。

他年纪不大，还不懂爱情，只好问世间的人，爱情究竟是什么，竟会令这两只大雁生死相许？天南地北的大雁都是比翼双飞，不管经历多少寒冬暑夏，依旧万般恩爱，相依为命。比翼双飞当然很快乐，但离别也是真的痛苦。此刻，他才懂得这大雁的痴情，比父母对儿女还要痴情。它走了，此去万里，要历经千山暮雪，寒来暑往，形单影只的它，前路漫漫，苟活又有何意义？

汾水这条路，是当年汉武帝巡幸游乐的地方，每次他出巡，总是锣鼓喧天，箫鼓齐鸣，真是热闹。如今，却是冷烟衰草，一派萧条景色。汉武帝已死，招魂也无济于事。女山神不住悲啼，但死者已去，再也不会归来了。

大雁生死相许，这份深情怕是连上天也嫉妒吧。它们不会如同夜莺、燕子般，死后化为尘土，它们理应千秋万古，为后人所知。只盼后人狂歌纵酒后，能来寻访雁丘故地，祭奠这对爱侣的亡灵。

元好问写下《摸鱼儿·雁丘词》时还不懂爱，只能用两只大雁来缅怀生死相许的爱情。他那时只有感慨，想借这阕词让人们记住"痴情"的事迹。当他渐渐长大，已成为真正的男子汉时，他再次见证了生死相许的爱情，从而也加深了他对于爱情的理解。

泰和年间（也有人说，这是元好问27岁时经历的故事），蒙古大军攻陷金国大都，金被迫迁都开封，元好问也退避到河南。在这里，他听到了一对男女殉情的故事。

大名民家有一对青年男女，彼此相恋却遭到家人反对，于是他们决定投河自尽。青年男女失踪后，他们的家人报了官，官家一直寻找二人踪迹，却一直毫无线索。直到后来有人踏入莲池，才发现了二人的尸体。他们的爱情，感动了河水里的荷花，它们全部并蒂而开，为此鸣情。

元好问听说了这个故事，遂又用《摸鱼儿》的词牌，填写了《问莲根有丝多少》的词，这一首是《雁丘词》的姊妹篇。

问莲根、有丝多少，莲心知为谁苦？双花脉脉娇相向，只是旧家儿女。天已许，甚不教、白头生死鸳鸯浦。夕阳无语。算谢客烟中，湘妃江上，未是断肠处。

香奁梦，好在灵芝瑞露。人间俯仰今古。海枯石烂情缘在，幽恨不埋黄土。相思树，流年度，无端又被西风误。兰舟少住。怕载酒重来，红衣半落，狼藉卧风雨。

元好问再次使用了问句。他问，莲花有多少根须？莲心又是为谁而苦？并蒂莲的花为何可以含情脉脉地相互对望？他的答案是，这满河并蒂莲是那两位青年男女的化身，莲心是为他们的爱情而苦，莲花的根须有多少，他们的爱就有多深。可是，老天为何这样不公，相爱的人不能白头，却让他们死于鸳鸯偶居的池塘中？

夕阳，悄然西下。看来谢灵运时常游览名山古迹，潇湘妃殉情的湘江楚水，都还未到断肠处，不及这对男女情深。这对恋人，本可以在灵芝仙草与晨露中，像仙人般长生不老地生活下去。他们的爱情，即使"海枯石烂"，那情也不会因而消失，但现在被迫死去，幽恨的心是黄土不能掩埋的。韩凭夫妇被人害死后，化作了相思树，随着时间的流逝，无故被秋风所摧残。这世间，有什么是长久的呢？那小舟，再停一停吧。他要再看一看这满塘的并蒂莲，只怕他将来载酒归来时，他们已红衣半落，狼藉于风雨中了。

这世间，一定有至死不渝的爱情。在这般浓烈的爱情面前，生死、富贵、名利，都可以抛下。抛下生死不难，难的是这份爱情能够保持多久。海枯石烂，天地闭合，江水为竭？不，没有那么久，否则，那相思树也不会被秋风所摧残。这对男女的爱情又能保持多久呢？等这满塘的并蒂莲落了，除了留下一个故事、一段传说，还能剩下什么？

那份情，真的还存在吗？

当元好问感慨"红衣半落，狼藉卧风雨"时，他已给出了爱情的答案。与"雁丘"不同。那时的他年少无知，认为爱情是可以长久的，甚至期望它们的爱情能被世人所知，能有人祭奠它们的爱情。如今，他虽被生死相许的爱情感动，但到底成熟了，认为一切都会随风雨而逝。

元好问自幼聪慧，有"神童"之誉。他进士及第，后又以宏词科登第，授权国史院编修，官至知制诰。金朝灭亡后，他被囚数年，一生也算历经坎坷。飘摇大半生，妻子张氏对他一直不离不弃。张氏去世后，他写下悼亡词《三奠子离南阳后作》：

怅韶华流转，无计留连。行乐地，一凄然。笙歌寒食后，桃李恶风前。连环玉，回文锦，两缠绵。芳尘未远，幽意谁传。千古恨，再生缘。闲衾香易冷，孤枕梦难圆。西窗雨，南楼月，夜如年。

这是元好问的爱情。没有生死相许，没有至死不渝，只有"孤枕梦难圆""夜如年"。她走了，他自是渴望"再生缘""两缠绵"。他也许剪不断对她的思念，但他终究能靠着怀念与期许活下去。谁说，一定要生死相许，刻骨铭心？

生死相许的终究是少数。多少人，也不过是在那一个又一个刻骨铭心的故事中，感叹着爱情，在现实的生活里，又勉强地活着。

问世间，情是何物，直教有你相伴！

有你，就是爱情了。

35.春宵一刻，千金不回

一年歌 唐寅

一年三百六十日，春夏秋冬各九十。

冬寒夏热最叹当，寒则如刀热如炙。

春三秋九号温和，天气温和风雨多。

一年细算良辰少，况且叹逢美景何。

美景良辰淌遭遇，又有赏心并乐事。

不烧高烛照芳樽，也是虚生在人世。

古人有言亦达哉，劝人秉烛夜游来。

春宵一刻千金价，我道千金买不回。

不知为何，在历史上，他竟也落得郁郁不得志的名声。不仅如此，他还背负着"风流才子""江南第一才子""唐伯虎点秋香"的名头。他承认自己是才子，但并不风流；他承认这世间绝对有一位名叫秋香的女子，但与他不一定有缘；他更承认自己仕途不顺，但历尽千帆过后……

他轻摇折扇，终于承认自己是风流的。

他风流在画，画风变化多端，擅长山水、人物、花鸟写意画等。他画山水，造型生动真实，山势雄峻，石质坚峭，笔法劲健，墨色淋漓；他画人物，写实较强，线条劲细，敷色妍丽，气象高华；他画水墨花鸟写意，墨韵明净，格调透逸洒脱而真实。

他风流在诗，一首《桃花庵歌》，将他风流洒脱的性情展现无遗：

> 桃花坞里桃花庵，桃花庵下桃花仙。
> 桃花仙人种桃树，又摘桃花当酒钱。
> 酒醒只在花前坐，酒醉还须花下眠。
> 半醒半醉日复日，花落花开年复年。
> 但愿老死花酒间，不愿鞠躬车马前。
> 车尘马足贵者趣，酒盏花枝贫者缘。
> 若将富贵比贫贱，一在平地一在天。
> 若将贫贱比车马，他得驱驰我得闲。
> 世人笑我忒疯癫，我笑世人看不穿。
> 记得五陵豪杰墓，无花无酒锄作田。

在世人看来，仕途不畅理该郁郁不得志，贫贱生活也理应悲悲戚戚，但他是那个"疯癫"、世人看不穿的男子。

他只须摇扇、喝酒、作画、折枝换酒钱。

他还风流在心性。当年他家境普通，父亲经营着一家酒肆，16岁时他便考得秀才，名震江南，可谓人生正是得意时。25岁那年，家中突遭变故，一时间他几乎一无所有。家境贫寒的他，只能潜心读书，几年后又成为应天府乡试第一的唐解元。然而，他的境遇并未从此改变，甚至比妻离子散跌得还狠。

他卷入了一件科场舞弊案，后来虽然脱难，但他从此绝了再入仕的念头。后来宁王招他做幕僚，他亦装疯卖傻不肯入仕。直到宁王谋反，才知入仕是天大的祸。他本无意于仕途，自然要从从容容地讨贫贱生活。作画喝酒之余，他写下了《叹世三首》：

其一

坐对黄花举一殇，醒时还忆醉时狂。

丹砂岂是千年药，白日难消两鬓霜。

身后碑铭徒自好，眼前傀儡任他忙。

追思浮生真成梦，到底终须有散场。

其二

富贵荣华莫强求，强求不出反成羞。

有伸脚处须伸脚，得缩头时且缩头。

地宅方圆人不在，儿孙长大我难留。

皇天老早安排定，不用忧煎不用愁。

其三

万事由天莫强求，何须苦苦用机谋？饱三餐饭常知足，得一帆风便可收。

生事事生何日了，害人人害几时休。冤家宜解不宜结，各自回头看后头。

唐寅本是轩朗豁达之人，他放任不羁，翩翩才子，诗里诗外自是洒脱自在。他与苏轼的潇洒不同。苏轼无论走到哪里，都要活出趣味，他做东坡肉、东坡肘子，酿酒……他是真的热爱生活。对于唐寅来说，世间事，本浮名，家常饭，保平安。富贵荣华来了他不拒，命中没有不强求。无论贫穷与富贵，无非画画与喝酒。

　　唐寅也不尽是风流潇洒。他年轻时，也曾一度失意，落魄颓败。

　　那年，他无辜入狱，成为朝廷斗争的牺牲品。出狱后，妻子离他而去，佣人动辄顶撞，他本是才情高傲之人，如今受人屈辱，心情低落到极点。一时间，他成了"海内以寅为不齿之士，知与不知，皆指而唾"的人。

　　他只能远离家乡，遨游山水间，才能忘却一时的失意。他将这份痛沉潜到书画中，用以疗伤自慰。他穷困潦倒，卖画卖文为生，宁肯粗茶淡饭，也不愿再入仕途。"闲来写幅丹青卖，不使人间造孽钱。"

　　他要清清白白地活，活给自己看。

　　当他来到桃花坞，立刻决定留下来，于是，他成了桃花坞的仙人。一花一酒是日子，一朝一夕值千金。他在那里，吸收桃花之灵，身上也多了几份仙气，写就《一年歌》。

一年三百六十日，一月一日皆良辰。莫叹美景良辰少，又有赏心并乐事。世人有言亦达哉，春宵每刻都千金。他劝世人要及时行乐，人生不过是虚生如浮云，唯有当下千金价，过去后万金也不复回。

晚年，他认识了沈九娘，一位官妓女子。她慕名而来，请他作画。他乐此不疲，当赚酒钱。一来二去，她成了他笔下的美人儿，她成了他患难与共的妻。

不俗即仙骨，多情乃佛心。他的疯癫，正是他的不俗之处。她暗暗观察，发现他不仅才华横溢，还对世事有着道家、佛家的理解。他的淡漠、他的潇洒、他的洒脱，皆是她喜欢的。唐寅既是不俗之人，便不会在乎她的身世。他所求的不过是一份真情，或者是随遇而安的一份心境。她既然肯来，那他一定会留。有了她的陪伴，他的桃花坞，又多了一位神仙。

感怀

不炼金丹不坐禅，饥来吃饭倦来眠。
生涯画笔兼诗笔，踪迹花边与柳边。
镜里形骸春共老，灯前夫妇月同圆。
万场快乐千场醉，世人闲人地上仙。

春宵一刻，千金不回。他用珍爱时光的心爱着她，爱着他们的桃花坞。她真情待他，陪他一箪食、一瓢饮，过最朴素的日子，谁让他们皆是不慕世间名利之人。

有些东西不喜欢可以不去选择，但天灾人祸终究逃不脱。当苏州发生水灾，当桃花坞被洪水吞没，他们再也没有了清闲日子。

他们搬离了桃花坞，另寻他处谋生。灾难之际，无人再有闲情雅致求画，他们的日子也开始捉襟见肘。无奈之际，九娘也担起了养家之职，却不曾想此番苦境，让九娘丧了命。

她身体娇弱，担不起多份苦工，等发现病情严重时为时已晚。

他送走九娘，独自一人抚养着他们的女儿桃笙。她的离去才让他明白，其实他一点也不潇洒，因为思念出卖了他。

晚年，他再也不是仙人，而是皈依佛门的六如居士。他的潇洒、自在、风流，总算收住了。可即使如此，他偶尔还是会俏皮，换上僧衣，托钵"乞食"。

怅怅词

怅怅莫怪少年时，百丈游丝易惹牵。

何岁逢春不惆怅，何处逢情不可怜。

杜曲梨花杯上雪，灞陵芳草梦中烟。

前程两袖黄金泪，公案三生白骨禅。

老后思量应不悔，衲衣持盏院门前。

他说，莫怪少年时的怅惘失意，要知道思虑万千容易沾惹牵挂。红尘繁华，不过是那杯上雪、梦中烟，幻不可得。功名利禄更是心酸，你若把它们参透了，这一生不过如同白骨禅一般，境界到了，一切都是梦幻泡影。（白骨禅，是佛家《禅秘要法》的修行，名叫白骨观）

他老了，思量自己的一生，没什么可后悔的事。唯一"后悔"的事，便是没有出家为僧，那便不如着僧衣，托钵于寺院前。

此时，唐寅不仅看透了世间名利，也参透了人的生死。当他的人生走到终点时，回忆一生，这一世如同他的名字"六如"。

如梦幻泡影，如露亦如电。

他的离去，也是潇洒的。临终前，他再次作诗，写下他的绝笔："生在阳间有散场，死归地府又何妨。阳间地府俱相似，只当漂流在异乡。"

他走了，去了另一处"桃花坞"。当然，人间并无桃花坞，阴间地府更是没有。

但是，人间有唐伯虎。不过，不重要了，他早将名抛下了。他不曾记得谁，也无须被谁记在心中。

就如同，有人说他郁郁不得志，也有人说他风流。不管说什么，还不是轻摇折扇，喝酒画画。

既然春宵一刻值千金，又何必在乎那"一刻"之外的事情呢。

36. 梦中谁是画眉人

奉和诸社长小园看牡丹枉赠之作（二首）　　马湘兰

春风帘幕赛花神，别后相思入梦频。

楼阁新成花欲语，梦中谁是画眉人。

算命先生说，她是一颗金星。拥有此八字者，将来必定是绝顶才女，举世无双。其父不信，另求10位盲算先生，他们皆异口同赞："了不得，妙女！"

众先生所言，让她的父亲吃了一颗定心丸，同时也为她今后的命运担心起来。自古才女多半沦落风尘，只怕她今后的路注定坎坷。他怕她步入历史上著名才女的后尘，特给她取名守贞，小字符玄儿，号月娇。

守贞一天天长大，果然非凡寻常。她秉性灵秀，天赋甚高，吟诗作画，无所不通。6岁那年，父亲教她《爱莲说》，并教导她要像莲花，学习它的高洁之处。莲花出淤泥而不染，这是何等的品格啊！守贞听完，陷入沉思，她并不赞同父亲的观点，她说："荷花虽高洁，却缺乏兰花的高雅，更少了那份空灵与典雅。"

如果这世间有谶诗，那马守贞此言便是谶语。从此，她与兰花结下了不解之缘。她一生爱兰、养兰、画兰。许多年后，她画了一幅名叫《双勾墨兰图》的画，王稚登阅完为她题跋："幽兰生空谷，无人自含芳。欲寄同心去，悠悠江路长。"

空谷幽兰自含芳。还有什么评价比这更好，更深得她心？

那年，她早已不叫马守贞，而改叫马湘兰。那年，她遇见他，一见倾心，视若知音，为他从此再不接客。那年，她沦落风尘，失去童贞，该来的还是来了。

守贞，守贞，有些贞，是守不住的。所以，她决定一辈子守住爱情的忠贞。

父亲突遭横祸，马湘兰在投奔亲戚的路上，被歹人拐卖，沦为风尘女子。这场意外不能怨她，沦落风尘也属情非得已。

她自小聪明，能诗善画，虽相貌平平，但凭借白皙皮肤、诗才画技和娇人的嗓音，渐渐成为金陵烟花柳巷之地的头牌。她极其擅长画兰花，明朝有诗人说她："自从画得湘兰后，更不闲题与俗人"，故称她为"湘兰"。

马湘兰善谈，为人豪爽，更是一个善良的女子。那些年，她积累了不少财产，常豪掷重金救济无钱应试的书生、横遭变故的商人，以及周围老弱贫困之人。她待人也大方，几乎钱来钱去，挥金如土。

后来，她终于在淮河边上拥有了一座宅院，取名为"幽兰馆"。她的"馆"里，植了满院兰花。花石清幽，曲径回廊，无一处不是她喜欢的兰。家中客来客往，热闹非凡，每一位都慕名而来，都为求画而来，都为她的歌舞而来。匆匆数载，强颜欢笑，虽宾朋满座，却不能遇到欢心之人，渐渐地，她的须眉间有了淡淡的纹路。

那满院的兰花，也填不满她内心的寂寞。

自古风尘女子，多遇落魄书生，这似乎是逃不掉的套路，马湘兰也未能逃脱。24岁那年，她遇到了流连于金陵烟花柳巷的王稚登。他书法技艺超人，文采斐然，文名早已传播乡里。

马湘兰是金陵一道不可不看的风景。王稚登来到金陵，朋友大赞马湘兰为绝妙女子。世间貌美、歌舞双全、嗓音洪亮的女子他见过太多，他一个翩翩才子，对"空有虚名"的马湘兰是不屑的。朋友不以为然，当即念出她的诗作来："飞阁凌云向水开，好风明月自将来。千江练色明书幌，万叠岚光拂酒杯。何处笛声梅正落，谁家尺素雁初回。芳尊竟日群公坐，得侍登高作赋才。"

这首诗，是她与文人集会时所作的。此诗字字入情，句句藏心，全无世俗儿女之态。诗中有书有酒，一派风雅景象，使得王稚登对马湘兰刮目相看。她虽为风尘女子，却将此情寄于文道，寄于天地苍生，她那豪迈、宽厚的格调，以及清淡的品位，也令他赞叹。

当他步入"幽兰院"，便被馆中满院兰花震惊了。他走南闯北多年，从未见过如此爱兰的人。她家中的丫鬟，对他这位衣着寒酸的书生，并无看不起的姿态，更令他心生好感，可见她不是一个嫌贫爱富的女子。

王稚登4岁作对，6岁善写擘窠大字，10岁吟诗作赋，自有一股气宇轩昂、气质俊朗、英武潇洒之气。他出口成章，与她切磋音律，谈论诗词，品赏绘画，她几乎视他为知音。才子佳人，无须多言，仅一个眼神便什么都懂了。

他向她求画，她挥手画下一叶兰。此兰花图为马湘兰独创画法，仅以一叶倾斜，托一朵兰花入画。在她看来，这最能体现兰花清幽与空灵的气韵。她画完，思索半刻，又在画上提了一首诗：

> 一叶幽兰一箭花，孤单谁惜在天涯？
> 自从写入银笺里，不怕风寒雨又斜。

她便是那一叶幽兰。她孤独寂寥，谁在乎她？她的心上人又在哪里？她以试探的口吻，隐隐诉说她的倾慕之意，以及以身相许的愿望，希望他能明白她的心意。

情到深处难自持。她等了这些年，好不容易遇见一位倾心的男子，竟这样随意地表达出来。她怕他将她当成水性杨花的女子，故又画了一幅"断崖倒垂兰"，并赋诗一首：

> 绝壁悬崖喷异香，垂叶空惹路人忙。
> 若非位置高千仞，难免朱门伴晚妆。

　　她并非寻常妓女，贪恋风月，情感泛滥。她只是对他推心置腹，真情真意，恰似这株悬崖壁上的兰花，只有品行高洁之辈，才可一览芳泽。

　　王稚登自然看得懂此画的含义。只是，他已37岁，无位无职，前路漫漫看不见对岸，实在不能给她幸福。他并非不爱她，而是一旦对她许下承诺，今后如若负了她，一定会对她造成伤害。他不愿意让她痛苦，只能将此情放在心中，与她做最好的朋友。王稚登拒绝她的示爱，她虽然有些心伤，但她坚信，只要她肯等他，总能等到完美的结局。她依旧与他谈诗喝酒，好像一切从未发生过。

　　接下来，又是一段俗气的故事。

　　他要走了。他才华横溢，虽仕途暂时不顺，但终究有人赏识。赵志皋推荐王稚登参加编修国史的工作，他自是欣然答应。

　　离别，两人都有些不舍。

　　她强颜欢笑为他设宴践行，祝他一路平安，步步高升。当她饮下那杯中酒，才品出那酒里多了一丝苦涩。她强颜欢笑太久，这次竟然有点装不下去了。

　　临别时，他不知该说些什么好。让她等他？抑或，忘了他？在这段感情中，他也是付出过真心的，怎么舍得让她就此忘记。可是，他又该如何承诺？

　　只能，就此别过，后会无期。等他日归来时，再续……

　　那句话，她始终没有说出口。

　　由此，她展开了漫长的等待。她从此再不接客，将自己当作他的人，等他荣归金陵。那些年，她侍奉花草，潜心文道，日子虽平淡如水，心中却有万片愁云。她只能将相思之情寄于诗词，于是写下了《奉和诸社长小园看牡丹枉赠之作（二首）》。

他常常出现在她的梦里，可是，他是为她画眉的人吗？

马湘兰天生并非幽怨的女子，他的离去，竟让她也生出了几分忧愁。春去秋来，寒意渐浓，她却迟迟不见他的消息。她应该相信他，否则，如何算是他的知音？既然决定等，再苦再难都该等下去。

并非王稚登负心忘了她，而是他出师不利，在编史院只能做一些打杂的事，离功成名就相差十万八千里。他不甘心被宰辅徐阶手下排挤，浪费光阴，便收拾行囊，回了江南。他没有荣归故里，而是灰头土脸地落魄归来，他还能给她什么？

与其让她无望地等待，不如断了她的念想，离她越远越好。

马湘兰还是打听到了王稚登的住处。他家住姑苏，独身一人。"独身一人"，让马湘兰看到了希望，她决定去找他。

只是，他还是不肯开口，做她的画眉人。

她只能继续等待。每隔一段时日，便去姑苏待上几天，与他作诗饮酒，浅唱小曲。这一来一往，就是三十年。

这到底是怎样的爱，她竟愿意等上三十年？这到底又是怎样的不爱，竟甘愿让她等上三十年？

说好的不伤害，此番做法简直是对她最大的伤害。倘若不爱，明明可以将她拒之门外，再无往来。

她肯等三十年，还不是他给了她希望。

"病骨淹长昼，王生曾见怜。时时对兰竹，夜夜集诗篇。寒雨三江信，秋风一夜眠。深闺无个事，终日望归船。"这是马湘兰的《怆别》。三十年，谁能知道，她承受了多少次离别，多少次怆然泪下的痛楚。

马湘兰最后一次出现在王稚登面前，是他70岁寿诞时。那时，她已是"病骨"之身，为了给他祝寿，重亮歌喉。她的音色老了，但气韵不减当年。她能为他重登"舞台"，他感动得老泪纵横。据他回忆，当时："四座填满，歌舞达旦。残脂剩粉，香溢锦帆，自夫差以来所未有。吴儿啧啧夸盛事，倾动一时。"

那是她最后为他做的，也是她对这一生的交代。她华丽谢幕，悄悄退出生命的舞台。

她返回金陵没多久，便病逝"幽兰馆"，卸下使用了57年的躯壳。

她终究没能等来为她画眉的人，连梦中也没有。

遥想当年，她名叫马守贞，寓意守住贞操。也有人说，她叫马守真，也对，守住这份真，守住这份爱。

她做到了，自是含笑而去，此生不悔。

他得到她去世的消息，悲痛万分，这一生，他终究是负了她。他为她写下了挽诗："歌舞当年第一流，姓名赢得满春楼。多情未了身先死，化作芙蓉也并头。"

多情未了……

试问，她要再等多久才能余情终了？

她是兰，气如兰，韵如兰，爱兰，画兰。至今，故宫仍藏有马湘兰的画作。兰，寓意除了高洁、典雅和爱国外，还代表坚贞不渝的爱情。

守贞，守真。你会为这样的解读开心吗？

37. 此生终是负你

临江仙·落拓江湖常载酒　吴伟业

落拓江湖常载酒，十年重见云英，依然绰约掌中轻。灯前才一笑，偷解砑罗裙。

薄幸萧郎憔悴甚，此身终负卿卿。姑苏城上月黄昏。绿窗人去住，红粉泪纵横。

又一个善画兰的女子。

她与马湘兰齐名，同为秦淮八艳之一。与马湘兰不同的是，她与画一样有灵性，如同从纸上跳出来的佳人。

她静立如兰，纤手执笔作画，衣袖滑落，另一只葱白素手挽住了衣袖。他看她，陶醉其中，不住地赞叹："双眸泓然，日与佳墨良纸相映彻。"

恍然间，有人叫他。回过神来，才发现刚才竟看呆了。

"梅郎，此画可好？"她俏皮地问。

"赛儿，我……你要以大局为重。"他拥住她的双肩，语气也加重了。

前几日，她向他表明心意，他答应思考几日。

这便是答案？

他家中早有妻室，父母严禁他娶妓为妾，他又能奈何？更何况……

"赛儿，你终是要入宫为妃的。"他纵是万般痛心，仍不想哀哀戚戚，更不愿得罪对他有知遇之恩的崇祯皇帝。他转过身，背对着她，有点狠心地继续说，"我们还是算了吧！"

卞赛从未想过入宫为妃。她自落入风尘，便一心期望从良，嫁得知心人。国舅田畹下江南为崇祯皇帝选妃，卞赛和陈圆圆皆入选。她不愿嫁入皇宫，只能请吴伟业出面救自己于水火之中。

吴伟业一介书生，虽是当世才子，却难以不顾及大局，不顾及两人的安危，只能牺牲自己的情感。他不愿为她出头，她只能黯然离去。

她离去次夜，吴伟业携箫来到她家门前，吹了半夜的曲子。

他的哀伤淹没了暗夜的宁静，他的箫声悲鸣了整个秦淮。

她的梅郎负了她。

他岂止负她一次？

崇祯十六年春，她第一次遇到他。那日，吴伟业的堂兄吴志衍即将赴任成都令，众人为他送行，吴伟业也在其中。众人作送别诗，卞赛也作了一首：

> 剪烛巴山别思遥，送君兰楫渡江皋。
> 愿将一幅潇湘种，寄与春风问薛涛。

这首小诗隽永可爱，清新流丽，令他眼前一亮。他的眼睛岂止亮过一次？在初见她时，已被她绰约的身姿、如兰的气韵所打动。当她抚琴弹上一曲时，他内心更是地动山摇。

听她作完这首小诗，他确定自己已经爱上了她。

吴伟业年少成名，又是当朝探花，复社领袖张溥的弟子，文采风流闻名天下。她早就久仰吴梅村大名，那日一见，果然非同凡响。他看她的眼神，她一望便知。

卞赛心中有数，知道他爱上了她。于是，她顺水推舟，主动问他："亦有意乎？"

这个"亦"字，表明她也爱上了他，只待他点头答应。吴伟业听到如此大胆的表白，有点不知所措。他家中已有一妻二妾，又惧严父严母，故假装不懂此话的含义，赶紧搬其他话题出来救场。

这一次，他负了她的情意。

她不是不伤心，但也只能将这痛独自饮下。若说他不爱她，他对她分明有意；若说爱她，却又从不肯做出承诺，娶她为妾。

那夜，她走了。走得决绝，走得心如死灰。如果从未遇见他，该多好。

她似乎决定忘记。

两年后，她嫁给世家子弟郑建德，以为可以过上期盼已久的幸福生活，但她发现，有些情终究是忘不掉的。这一次，她将侍女柔柔进奉给郑建德，再次选择离开。

他不愿为她出头，只愿委屈过活；她不愿委屈凑合，只想活得痛快。

此时，大明王朝也如同吴伟业般，骨子里始终少了些阳刚之气。清军入关，山河破碎，大明的江山落下了帷幕。

也如同他们的爱情，其实早该结束了。

当她为自保而披上道袍时，她的内心已经原谅了他。有些事，只有自己经历过，才能知道这种委屈的感受。那时，明降清，清兵常劫去王女献主帅多铎，她只能改道士衣冠，逃命自救。

原来这世间有很多事，都比爱情重要。

从没想过能再相逢，可世事就是这样巧。

顺治七年（1650），吴伟业去钱谦益家做客，听说卞赛在附近的亲戚家度假，便希望柳如是带她来相聚。

他听完，心中一惊。赛儿，赛儿……

她听说他也来了，更是慌乱成一团。既然尘缘已了，该与他相见吗？她思来想去，到底是去了钱谦益家。只是，她却没有勇气面对他。她传语更衣，又说自己病倒，始终不肯下楼来。

不，她不能见他，还是忘了的好，那段感情，最好永远停留在回忆里。

江山易主，故人安在？久绝铅华的她，也变了吧？他虽有遗憾，却不怪她，遂写下《琴河感旧》诗四首，缅怀曾经的卞赛。

其一

白门杨柳好藏鸦，谁道扁舟荡桨斜。

金屋云深吾谷树，玉杯春暖尚湖花。

见来学避低团扇，近处疑嗔响钿车。

却悔石城吹笛夜，青骢容易别卢家。

其二

油壁迎来是旧游，尊前不出背花愁。

缘知薄幸逢应恨，恰便多情唤却羞。

故向闲人偷玉箸，浪传好语到银钩。

五陵年少催归去。隔断红墙十二楼。

其三

休将消息恨层城，犹有罗敷未嫁情。

车过卷帘徒怅望，梦来襦袖费逢迎。

青山憔悴卿怜我，红粉飘零我忆卿。

记得横塘秋夜好，玉钗恩重是前生。

其四

长向东风问画兰，玉人微叹倚栏杆。

乍抛锦瑟描难就，小叠琼笺墨未干。

弱叶懒舒添午倦，嫩芽娇染怯春寒。

书成粉篆凭谁寄，多恐萧郎不忍看。

　　他遗憾离去，她落寞地从楼上下来。当她读到《琴河感旧》时，才明白原来这些年，他一直思念着她。国家败落，他们都经历了太多太多。清军入主中原，清廷征召天下文臣，被征者或自杀，或逃跑，而他迫于压力，应征而去。

他做了太多不想做的事，也许这就是他的性格吧。在国家、在喜欢的女人面前，他终究是"更重大局"。

顺治八年，卞赛特意去看望吴伟业，这次她似乎不是为了弥补之前未见的遗憾，而是想告诉他，她已准备了断尘缘。她穿上道袍，道姑打扮，一副不食人间烟火的姿态。她说话也是淡淡的，只是顺路来，然后做最后的道别。

她再次抚琴，通过琴声向他讲述了这些年的挣扎与落寞。琴声毕，她的红尘生涯，也在短暂的琴声中结束了。

一曲已天涯。吴伟业听得潸然泪下，写下了《听女道士卞玉京弹琴歌》，同时也写下了《临江仙·落拓江湖常载酒》。

他唤她赛儿。

一声赛儿，她再也忍不住，流下泪来。这次，只能她转身，抹去那不争气的泪水，狠心道："请唤我玉京道人。"

"薄幸萧郎憔悴甚，此身终负卿卿。"

她堵住了所有的路，再也不会给他负她的机会。。

顺治十年，卞玉京重回苏州，托身于70多岁的名医郑钦谕。他将她安排在别室，让她度过了一段岁月静好的时光。那段时间，她不再接待老友，一心焚香诵经。当郑钦谕离去，她刺舌血三年，为他抄写《法华经》。后来，她隐居无锡惠山，在那里度过了晚年。

她去世时，42岁。

42年的人生，对她来讲足够了。弥留之际，卞玉京想起了曾经写过的一首诗《题自画小幅》：

> 沙鸥同住水云乡，不记荷花几度香。
> 颇怪麻姑太多事，犹知人世有沧桑。

很多时候，沧桑是自己造成的。倘若当年，她没有表白，也许心中仍有一份期待。可是，他也爱她，她如何忍得住？

当国家不在，她成为玉京道人不问世事时，她终于放下了沧桑。可是，她仍不能忘记他。

忘记一个人太难了，吴伟业也无法忘记他的赛儿。

多年以后，60岁的他来到她的孤坟前痛哭。当年，是他的懦弱辜负了她，如今后悔晚矣。斯人已去，一切只能回到梦里。

他再次为她作诗：

> 油壁香车此地游，谁知即是西陵墓。
> 紫台一去魂何在，青鸟孤飞信不还。

她争取过，从不后悔。他一次又一次负了她，终生活在悔恨里。当年，假如他向她伸出手，愿与她微笑着面对一切，他不会一生不得救赎。

就如同他出仕入清朝做官，得到的结局却是"误尽平生是一官，弃家容易变名难"。

有些错不能犯，犯了就是一辈子。有些人不能错过，错过了，也是一辈子。

他不仅负了她，也负了自己的一生，他该对她说一句对不起，也该对自己说一句对不起。

38. 人生若能永如初见

木兰花令·拟古决绝词　纳兰性德

人生若只如初见，何事秋风悲画扇。等闲变却故人心，却道故人心易变。

骊山语罢清宵半，泪雨霖铃终不怨。何如薄幸锦衣郎，比翼连枝当日愿。

总有人拿他和晏几道相比，甚至很多人说，他是"清代的晏小山"。这主要是他们太像了。他们同样出身相国府，少时生活奢靡，后来家道中落；他们词风相近，都是清嘉妩媚风，并擅长小令，擅写爱情；他们一生都在回忆，是个活在回忆里的人。

对于晏几道来说，他缅怀过去，是不愿意面对未来和现实。他只想躲进旧时的梦里，躲在女人的臂弯里，梦死这一生。纳兰也在回忆，回忆青梅竹马的爱情、死去的妻子，然而，他敢于面对现实。

春天来了，他仍旧要看一场梨花雨。

他与晏几道也有许多不同之处。晏几道心爱的女子没有早亡，无须写悼亡词。可他一生仕途不顺，无法体会身在官场的无奈。而纳兰是满洲子弟，是马上定乾坤，骑射自是一流。他有建功立业之心，安邦定国之志。然而，他的家世注定让他一生只能做御前侍卫。

"家家争唱饮水词，纳兰心事几曾知。"他的心事，有太多人写，太多人懂。他们写他青梅竹马的爱情，写他的亡妻，写他一咏三叹悲切绵延的伤心。张恨水在《春明外史》中塑造了一位才子，无奈英年早逝。其友恸地说："看到平日写的词，我就料到他跟那纳兰容若一样，不能永年的……"

是啊，纳兰没有永年，终年31岁。

他去世后，被誉为"清朝第一词人""第一学人"。王国维更是赞他："以自然之眼观物，以自然之舌言情。……北宋以来，一人而已。"

后人对他的评价如此之高，几乎到了至高无上的位置。

然而，他的一生，他的回忆，他的放不下，他的悲戚，他的一咏三叹，在人们"家家争唱"中，被推得更高更广了。

他的心事，也开始无人不知了。

纳兰性德生于清顺治十二年（1655），正黄旗人，字容若，号楞伽山人，其父明珠，是康熙帝在位时的首辅之臣。容若天资聪颖，博通经史，工书法，擅丹青，精骑射，17岁为诸生，18岁举乡试，22岁赐进士出身，后晋升为一等侍卫。

他是天生的富贵花，出身显赫高贵家族，有惊人的才气，大好的前途。人生财富、权势、美眷、才华都有了，还有何不满，须一咏三叹呢？

纳兰再次叹息，财富乃身外之物，昔日恋人成为宫妃，他空有满腹才华，却因父亲权倾朝野而被康熙提防，使他只能成为侍卫，阻碍了他的报国之志。

他似乎该被人羡慕，但人们羡慕的一切都不是他想要的。他不能说，我宁愿做平民百姓，也要大展宏图，证明自己。他做不到，没有这样的底气，他只能默默承受着这一切，在家族、财富、美眷的笼罩下紧锁着眉头。

他的愁肠，那位"宫妃"是引子。

这是一段旧事了，封在他的心头。十多年前，纳兰府中来了一位温文尔雅的女子。她是他的远房表妹，在他家暂住一段时日。

他们年纪相当，趣味相投，她日日陪他读书，伴他左右，日久便生了情。旗人女子，注定要入宫选秀，这是他们必须面对的事。他期望她落选，她也不愿进宫为妃，可是，纳兰喜欢的女子，世间男儿有几位不爱呢？

她知书达理，幽默风趣，风姿绰约，梨花树下仿若天上的仙子。她去选秀的结果只有一个，便是入选。

那一次，纳兰的脸上有了愁容。他虽贵为相国府的公子，却不能迎娶心爱的女子，这与平民百姓的无奈又有何不同？

当她入宫为妃，他想起初见她时的美好。没多久，他写下了《木兰花令·拟古决绝词》。

人生，若能永像初次相遇那般美好该多好。他们郎情妾意，恩爱如蜜，生生世世永远这般浪漫地活下去，便不会有离别相思之苦了。然而，世事变迁，汉成帝虽对班婕妤宠爱有加，最后还不是狠心地将她抛弃，为此作了《团扇歌》。如今，你轻易地变了心，便说情人之间本就容易变心。啊，你怕是变了心吧？

当初，唐明皇与杨贵妃也这样山盟海誓，那誓言犹耳边，最终却又作决绝之别，即使如此，也生不得怨。现在我身边的这位薄幸郎，怎么比得上唐明皇呢？至少，他对她许诺过在天愿作比翼鸟、在地愿为连理枝的誓愿。

纳兰借女子之口，控诉男子的薄情。但她知道，他并不薄情，也许薄情的是她。当她入宫为妃，她对他到底是淡漠了。

纳兰怀着对她的旧情，在20岁时，迎娶了两广总督卢兴祖之女为妻。卢氏亦是一位绝妙佳人，与他琴瑟和鸣、举案齐眉。他们夫妻恩爱，感情笃深，日子也算圆满。他也许没有忘记"宫妃"，但终究不愿做负心人，负了眼前的妻子。慢慢地，纳兰的脸上有了笑容。

可是，世间事，从不会有圆满的结局。当他寻得知心人，寻得泼茶香的慧人时，卢氏却因难产离开了他。

三年，他们在一起的时光短如一瞬。

此后，纳兰开始写悼亡词，写他的一片伤心，夜雨而泣的自己。

南乡子·为亡妇题照

泪咽却无声，只向从前悔薄情。凭仗丹青重省识，盈盈，一片伤心画不成。

别语忒分明，午夜鹣鹣梦早醒。卿自早醒侬自梦，更更，泣尽风檐夜雨铃。

自古才子多风流，纳兰却是一位至情至性的人。他对她，已做到了善良忠诚，捧在手心，仍自责薄情，没有将她照顾得更好。这怕是，天下女子喜欢纳兰的原因吧。你只要在他身边，你便是他的唯一，他只爱你，眼里也只有你。纵使不忘旧情，对你至少是百分之百的用尽心意。

不忘"宫妃"如何，不忘卢氏又如何，他身边还是有了另一位女子，沈宛。

沈宛是江南才女。在顾贞观的介绍下，他对她一见倾心。也许那时，他需要一位女子解他的相思之忧，也许他真的爱上了她。总之，她是伴他最久的女子。

他是旗人，她是汉人，两人在一起要背负太多的压力。那时，纳兰坚持三年不娶，迫于压力，续娶了官氏为妻。官氏与卢氏的温柔贤惠相比，她的豪气与英气，他是无法真心喜欢的。

当她遇见琴棋书画无一不通的沈宛时，紧闭的心门再次打开了。她虽是艺妓，却长得花容月貌，情致高雅。

二十几岁的纳兰，还是风华正盛、气度翩然的男子。她与他一起缅怀旧梦，品尝仕途"不得志"的苦果，再和他举杯期待未来。这样的女子，让他以为活在梦中。

他与康熙游江南，在这里邂逅了一段感情，但他是一等侍卫，终究要回到紫禁城的。当她与他分离，他再次尝到了离别之

苦。那段时间，他意外地得了寒疾，此后每次心伤，寒疾便会发作。

这是一种深入骨髓的疼痛，只有情能医治。

之后，他开始借酒浇愁。他说："人言身后名不如生前一杯酒，此言大是。"

画堂春·一生一代一双人

一生一代一双人，争教两处销魂。相思相望不相亲，天为谁春？

浆向蓝桥易乞，药成碧海难奔。若容相访饮牛津，相对忘贫。

他们有天作之合，许了彼此一生一世，却偏偏不能在一起。他们分隔两地，经常思念对方，却不能相见。这一年又年的春色，真不知是为谁而来。

蓝桥相遇不难，难的是即使有不死灵药，也不能像嫦娥那般飞入月宫与她相会。如果他们能像牛郎织女般，能渡河团聚，即使抛弃这一世荣华、功名利禄，他也心甘情愿。

他的寒疾变成了心伤。他每想她一次，那心疾便重一次。他越是在深宫里看不到希望，那心伤便更重一次。他将不能施展的才志，都一股脑儿地投入了情海里，谁知情没能解救他，而是将他拉入了万劫不复的境地。

他病了，病了七日，七日后离开了人间。他的命终究是好的，家道中落也在他离去之后。倘若他要亲身经历这场重大变故，不知该有多悲戚。

晏几道也落魄，虽活在梦里，终究有一场又一场的梦支撑着他。纳兰，一醉三叹，然后一病不去。那梦是痛的，回忆起来，只能是在心上增添一道又一道伤痕。

人生若能永如初见该多好。那时的纳兰，英俊潇洒，骑马射箭，英气逼人。她爱着的，想必是那样的纳兰吧？

谁知，他后来竟成了阴柔缥缈的男子呢？

"赌书消得泼茶香，当时只道是寻常。"你明明珍惜当下，可还是活在了旧日心伤的梦里，活在了初见时的"寻常"里。

39. 不是云屏梦里人

己亥杂诗　龚自珍

阅历天花悟后身，为谁出定亦前因。

一灯古店斋心坐，不似云屏梦里人。

男女之间，还是不做朋友的好。

因为，远一点，泛泛之交，连朋友也算不上；近一点，视若知音，即使你们并无爱情，但身边人的添油加醋，就怎么也说不清了。

清朝诗人、思想家龚自珍就吃了这个亏，亏到丧命。

他一生目光远大，是开辟了一代新风气的大家，是思想和学识在萌芽状态时的改良主义先驱者。很多人都记得，他是一位气势霸气的人。他的忧国忧民、奋发图强之念，使得他《己亥杂诗》其中的一首选入了课本。

九州生气恃风雷，万马齐喑究可哀。

我劝天公重抖擞，不拘一格降人才。

诗，他这样写；人，他这样做。然而，当时清末时局渐渐衰退，败象凸显，已不是他一个人可以扭转乾坤的。

闲暇之余，他也作其他的诗，比如这首最为著名的：

浩荡离愁白日斜，吟鞭东指即天涯。

落红不是无情物，化作春泥更护花。

"落红不是无情物，化作春泥更护花。"写得好，写得真是太好了，顾太清极其欣赏这一句。当她的夫君奕绘死后，她更觉得此句道破了自己不能随丈夫而去，却要为了孩子而活下去的矛盾情感。

她常邀龚自珍入府谈论诗文，他见她孀居，怜她是孤单的妇人，所以每召必到。龚自珍聪明一世，却忘记了寡妇门前是非多，更何况顾太清是奕绘的侧妃，一旦招惹其皇家势力，也会让他"死得很难看"。

他也许死得不难看，死得很痛苦，却是真的。

顾太清也是经历过坎坷的女子。

她本姓西林觉罗，名春，满洲镶黄旗人，其祖鄂尔泰因文字狱被赐死。她自小是"罪人之后"，以至流落他乡被一顾姓人氏收养，遂改顾姓。《名媛诗话》中说她："才华横溢，援笔立成。待人诚心，无骄矜习气，唱和皆即席挥毫，不待铜钵声终，俱已脱稿。……其词气足神完，信笔挥洒，真抒胸臆，不造作，无矫饰，宛如行云流水，纤毫不滞，脱却了朱阁香闺的情切切、意绵绵，吟风弄月之习，词风多近东坡、稼轩。"

顾太清天生丽质，姿容清雅，加上她才华横溢，长大后成了当地有名的美人。当时，荣亲王永琪之孙，贝勒奕绘因正福晋妙华夫人去世而心伤，特来江南散心。江南地方官员，不乏献媚之态，闻贝勒心伤，特将顾太清介绍给他。奕绘见她貌若天仙，又才华出众，更是满人之后，当即决定纳她为妃。

她嫁入王府后，因奕绘字子章，号太素，便给自己改名为子春，号太清，自署太清春、西林春。这段婚姻，顾太清很满意，她虽名为侧福晋，是他的侧妃，但他此后并未娶妻，也算是他的"正妃"了，所以她有"九年占尽专房宠"之称。

奕绘善书法，工诗词，学过拉丁文，为人才气不俗，所交的朋友也多名流之士。他喜欢宴乐，喜欢招尽天下文人，与他们谈诗论道。龚自珍那时任宗人府主事，常出入王府，这才认识了顾太清。

顾太清貌美，又有诗才，奕绘宴请时，怎能少得了她到场。她本为椒房女眷，竟常与文人墨客谈诗论道，可见奕绘对她的宠爱。一时间，她成了文人笔下的香艳谈资，也成了名动京城的风云女子。

她与奕绘夫妻恩爱，互通诗词，这份情意是任谁也不能替代的。尤其奕绘死后，她整日郁郁寡欢，深居简出，若不是为了一双儿女，她想过殉情。她的心伤，文人墨客们懂。她的至交好友纷纷来看望她，也给她写诗劝慰，她心里的伤这才慢慢地放下来。

在文人墨客中，顾太清更为欣赏龚自珍，所以他出入王府也最为频繁。当他写出另一首《己亥杂诗》时，他成了她的"情夫"。

空山徙倚倦游身，梦见城西阆苑春。
一骑传笺朱邸晚，临风递与缟衣人。

那时他文名正盛，此诗一出满城皆知。这本本是一首普通的小诗，谁知此诗后面被人注了小字："忆宣武门内太平湖之丁香花。"

贝勒王府不远处有一片丁香林，龚自珍常流连于此地，故作了这首诗。只是，这"缟衣人"是谁？众人纷纷联想，便想到了寡妇顾太清身上，而她因孀居正巧一身白衣，再加上龚自珍常与她"相会"……

原来这是情诗啊！

有了此"情诗"也就罢了，偏偏龚自珍还有一首《投宋于庭翔凤》的诗：

游山五岳东道主，拥书百城南面王。
万人丛中一握手，使我衣袖三年香。

这首诗写的是宋翔凤。宋翔凤精研西汉今文经学，为常州学派代表人物之一。他喜欢读古书，不喜欢科举正业，常偷衣换钱买书。龚自珍欣赏他的风流，与他心性相投，故此写下了此诗。但"万人丛中一握手，使我衣袖三年香"，太令人遐想，人们不敢相信这是男子对男子的欣赏，只好将此诗安排到顾太清身上来。

本来此事已经说不清了，没多久，他偏偏又作了一首记梦的词。

桂殿秋

明月外，净红尘，蓬莱幽宦四无邻。九霄一脉银河水，流过红墙不见人。

惊觉后，月华浓，天风已度五更钟。此生欲问光明殿，知隔朱扉几万重。

"梦见城西阆苑春""流过红墙不见人""知隔朱扉几万重"，三句诗联系在一起，没有故事也能编出故事了。

龚自珍心高气傲，并不理会这些猜想。对他来说，清者自清，他无须解释。只是，这些风言风语足以让奕绘的嫡子载钧将顾太清赶出王府。当她流落街头，再无安身立命之所时，她提笔写下了一首诗：

> 一番磨炼一重关，悟到无生心自闲。
> 探得真源何所论，繁枝乱叶尽须删。

那些年，她的谈诗论道终于有了成果。她的道，已悟到"无生心自闲"。

要么说是知音呢?

龚自珍也有一首与悟道相关的诗,名字也叫《己亥杂诗》,即开篇这首。

其实,他对人生早就看开了,是人们揪着这些事不放而已。可无奈,龚自珍和顾太清就是全身长满嘴,也是说不清的。

1814年农历八月十二日,是《己亥杂诗》成作的两年之后,龚自珍在江苏丹阳一所书院暴卒。据传,他被载钧所害,用毒酒毒死。

有人说,他带着箫剑和一车书,离开了京城。也有人说,他行囊萧然,身边仅存一小束枯萎的丁香,以及顾太清的一幅小像。

龚自珍的结局太过特殊,暴卒已说明太多。

"丁香花疑案"终于在缓慢的两年后,骤然地落下了帷幕。清者是否清,浊者是否浊,已无须再去分辨与传说。

毕竟,当事人为此付出了太多。

顾太清59岁时,生活发生了重大变化。载钧病死,他因为无任何子女,便只能将顾太清跟她的孩子接回王府。

她没享几天福。晚年,她身体多病,双目失明,于光绪三年(1877)十一月初三病逝,享年79岁。

据说,她晚年经常吟咏,只是不知咏的是哪首,吟的是哪句。

她终究是一个人了,只能"一灯古店斋心坐",她再不是他的"云屏梦里人"。

有太多人相信，顾太清是龚自珍命里的桃花，纵算不是桃花，也一定是红颜知己。与其说是龚自珍亲近顾太清使他暴毙，不如说是人们的唾沫星子，延绵成了一条长长的河，将他推向了死亡。

人品高洁者，人们更愿意相信并看到他恶的一面；男女清白者，人们更愿意坚信，他们动过情；至高无上的圣僧，人们更愿意看到他堕落……

不知，是当事者真的"坏"，还是那唾沫"坏"，反正有太多人死于长舌。

不知何时，人们更愿意坚信恶，也不愿再相信那美好与善良了。我们都不是"云屏梦里人"了。